✦ ✦

엮어가는 삶: 치앙마이에서

✦ ✦

들어가며

✧ ✧

나는 겨울을 좋아하지 않는다. 아니, 싫어한다. 몸을 덕지덕지 감싸는 두꺼운 옷 때문에 움직임은 둔해지고 마음은 딱딱해진다. 나는 홀홀 나부끼는 가벼운 옷을 사랑한다. 나폴나폴 걷다가 '어맛? 아무것도 안 입고 나왔나?' 흠칫 놀라게 되는 여름날도. 이런 나에게 누군가 치앙마이라는 도시를 알려주었다. "복태 씨와 잘 어울릴 것 같은데⋯⋯."

그날부터 치앙마이에 대해 알아보면 볼수록 여태껏 몰랐던 것이 안타깝기 짝이 없었다. 순식간에 치앙마이의 거리 풍경, 상점들이 즐비한 시장통, 무성한 나무들에 빠져들었다. 지체 없이 비행기표를 알아보며 오래전부터 이날을 기다려왔던 것처럼 계획을 꾸려나갔다. 한군(나의 음악 파트너이자 세 아이를 함께 키우는 삶의 동반자다)이 "우리 어디에 간다고?" 물었을 땐 이미 숙소 후보가 두어 군데로 추려진 뒤였다.

때는 겨울. 우리에게 겨울은 농한기다. 공연이 끊기고 자연스럽게 수입도 끊긴다. 그래서 우리는 봄, 여름, 가을 동안 식량을 비축하는 개미처럼 생활비를 벌어둔다. 그 돈으로 짧게는 두 달, 길게는 다섯 달을 버텨낸다. 야외 놀이가 어려운 겨울에는 세 아이와의 행복한 시간을 계획하는 일도 만만치가 않다. 놀 거리, 볼 거리, 먹거리를 충족하려면 통장 잔액부터 확인해야 한다. 그러니 일단 비행기만 타면, 사계절 내내 여름이라는 치앙마이에 간다면, 어쩌면 돈을 '덜' 쓸 수 있을지도 몰랐다. 2016년 겨울, 우리는 보름 동안 머물 계획으로 태국행 비행기에 올라탔다.

치앙마이에 도착하니 오래 꿈꿔온 것만 같은 풍경이 펼쳐졌다. 라탄바구니에 담긴 법랑 도시락, 발갛고 샛노란 열대과일, 작은 수박 한 통이 통째로 들어간 주스, 독특하고 화려한 무늬의 옷들. 내 눈길과 손길을 사로잡은 건 그 옷들이었다. 어디서도 느껴보지 못한 부드러운 감촉, 소박하고 귀여운 손바느질, 믿기지 않는 정가 200바트. 한국 돈으로 만 원도 안 되는 가격. 대체 이걸 누가 만들었지? 손바느질한 옷들에 홀린 채 하나하나 어루만져보는데 저 멀리서, 만화 같은 한 장면이 눈에 아주 큼지막하게 들어왔다.

애니메이션 「모아나」에 나오는 '마우이'를 닮은, 덩치가 상당히 큰 젊은 남자가 카페 입구에 놓인 흔들의자에 앉아 바느질을 하고 있었다. 그 남자보다 더 인상적인 건 그의 등에 업힌, 생후 50일이나 되었을까 싶은 갓난아기였다. 갓 태어난 아기를 이 땡볕에 데리고 나왔다고? 포대기도 없이 그냥 어깨에 걸쳐둔 채 재운다고? 믿기지 않는 장면이었지만 나도 모르게 하염없이 바라보았다. 천천히 흔들리는 의자에 앉아 크고 두툼한 손을 오밀조밀 움직이며 바느질하는 남자와 나무늘보처럼 늘어져 곤히 잠든 갓난아기의 모습을.

» 혹시 저 옷들을 당신이 만들었나요?

》 네, 전부는 아니지만.

» 당신이, 이렇게, 손으로?

》 네.

» 배우고 싶어요. 가르쳐줄 수 있어요?

》 어…… 가르쳐본 적 없어요. 어려워요.

단어 서너 개로 이어가던 대화는 금세 끝나버렸다. 나도 그도 영어가 서툴렀다. 그럼에도 나는 그 자리에서 쉽게 발길을 돌리지 못했다. 바느질에 관심도 재주도 없었지만 그가 천을 엮는 방식은 분명 독특해 보였다. 할머니나 엄마의 바느질에서는 본 적 없는 방식이었다.

눈길을 거둘 수 없었던 것은 그의 춤추는 손이었다. 바늘과 실이 옷감의 바다 위에서 하얀 파도가 되어 줄지어 오르내렸고, 크고 두꺼운 손가락은 능숙한 서퍼처럼 파도를 타며 넘실거렸다. 아름다웠다. 바늘의 흐름을 따라 실이 엮여 옷이 되어가고 있었다. 배우고 싶다. 나도 저렇게 바느질하고 싶다. 나는 사로잡혔다.

여행 이튿날 만난 마우이를 닮은 아기 아빠를 잊을 수 없었다. 치앙마이의 온갖 멋진 곳을 돌아다니다가도 저녁 무렵이면 그 카페 앞으로 돌아갔다. 다음 날도 그다음 날도. 남은 시간이 줄어들고 있었다. 그러다 닷새째 되는 날, 같은 자리에서 같은 모습으로 바느질하는 그에게 다시 말을 걸었다. 이번에는 곁에 다섯 살쯤으로 보이는 아이도 있었다.

> » 또 만났네요. 당신의 딸?
> ⚮ 네.
> » 몇 살이에요?
> ⚮ 다섯 살이에요.
> » 와우, 우리 첫째도 다섯 살이에요.

고개를 돌리니 아이 둘은 벌써 저만치 떨어져 서로를 바라보고 있었다. 보아하니 곧 소꿉놀이를 시작할 태세. 그렇지, 친구를 사귈 때 말이 꼭 통해야 할 필요는 없지.

> » 저는 복태예요. 이름이 뭐예요?
> ⚮ 나는 액이에요.
> » 네?
> ⚮ 액. E. A. K.
> » 반가워요, 액. 딸의 이름은 뭔가요?
> ⚮ 겐이에요, 이 아이는 쿠웨이.
> » 우리 아이들은 지음, 이음이에요.

아이들 덕분에 우리도 서로의 이름을 알았다. 다음 날도 그다음 날도 우리는 우연을 가장한 채 마주쳤고, 세 단어짜리 이야기를 더 많이 나누었고 친구가 되었다.

§   괜찮다면 바느질을 알려줄게요. 친구니까. 가
르치는 건 못 해요. 친구라면 알려줄 수 있을지도 몰
라요.

»   진짜요?

§   네, 같이 하면 돼요.

»   정말 정말 고마워요! 그래도 수업료를 지불하고
싶어요.

§   난 생각해보지 않았어요.

»   당신에게는 재료비가 필요해요. 한번 생각해
봐요.

§   그래요. 그럼 내일 시간 괜찮아요?

»   얼마나 걸릴까요?

§   약 여섯 시간?

»   여섯 시간이요?

§   네. 최소한 이틀이 필요해요.

내가 바느질을 배우면 한군이 아이들을 도맡아야 하니
그의 생각이 우선이었다. 눈치를 살피며 말을 꺼내니, 한
군은 한 치의 망설임도 없이 흔쾌히 등을 떠밀어주었다.
이런 좋은 기회를 놓치지 말라고, 조금 힘들겠지만 아이
들과 열심히 놀아보겠다고.

그렇게 나는 치앙마이의 어느 카페 뒤편의 평상 위에 오래된 동네 친구처럼 액과 마주 앉았다. 모든 재료는 액이 준비했다. 그가 들고 온 커다란 라탄바구니에는 알록달록한 실이 한가득 들어 있었다. 천연소재로 물들였다는 고운 빛깔의 실들을 바라보고 있자니 마음이 편안해졌다. 이어서 꺼낸 도구는 바늘과 가위와 천이 전부였다. 줄자나 시침핀, 재단가위 같은 것들이 보이지 않아 의아했지만 조용히 기다렸다.

액이 무얼 만들고 싶냐고 물었다. 당연히 원피스였다. 그는 처음부터 큰 원피스를 만드는 건 어려울 테니 지음이 원피스를 지어보자고 했다. 가방에서 여분으로 챙겨온 지음이 옷을 꺼내려는데 액이 지음이를 불렀다. 재단하는데 지음이가 필요하다고? 지음이 옷이 아니라? 줄자도 없는데? 뽀르르 달려온 지음이를 바로 세우더니 액은 지음이 어깨에 천을 걸쳤다. 나에게 원하는 길이를 표시하라고 했다. 내가 손가락으로 무릎을 짚으며 "이쯤?" 하고 답하자, 액은 평범하게 생긴 가위로 무릎 부근에서 과감하게 원단을 잘라냈다. 그러고는 원하는 폭을 물었다. 나는 의아한 눈빛으로 "이쯤?" 하며 몸통에서 조금 떨어진 부근을 가리켰다. 그는 천을 내 손가락까지 펼치더니 또다시 망설임 없이 스으윽 가위질을 했다. 액은 재단된 천 한 장을 내게 내밀고는 똑같은 크기로 한 장을 더 자르라고 했다. 궁금한 점이 많았지만 그저 시키는 대로 했다. 궁금한 걸 정확하게 묻기에는 영어 실력이 부족했다.

🐚 넥스트, 고 런!(Next, go run!)

어디로 달려 가라고요? 패턴은? 본은? 줄자로 재지도 않고? 이게 끝이라고요? 이렇게 해서 옷이 된다고요? 아! 홈질을 '런'이라고 하는구나. 원단의 가장자리를 두 번씩 접고 홈질을 시작했다. 한 땀 한 땀 열심히 열심히. 한 시간쯤 지났을까. 액의 아내가 팟타이를 들고 나타났다.

> ⚐   우리 먹고 해요.
> »   와, 팟타이네요! 잘 먹을게요.
> ⚐   비용은 800바트(28000원) 받을게요. 밥값과 재료비 포함이에요.
> »   네? 정말 고마워요!

팟타이 접시를 깨끗이 비우고 내가 커피를 샀다. 아이스 커피의 얼음이 다 녹아 미지근한 커피가 될 때까지, 나는 무아지경으로 홈질에 빠졌다. 그런 나를 흐뭇하게 바라보던 액이 말했다.

> ⚐   노 하드 앤드 테이크 릴랙스(no hard and take relax).

열심히 해도 오늘 안으로 홈질이 끝날까 말까인데 열심
히 하지 말라고?

> 한국 사람들은 모든 것을 열심히 해요.

> 왜 그렇게 열심히 해요?

> 그러게요. 열심히 해야 한다고 배워서?

> 천천히. 쉬면서. 커피도 마시고, 간식도 먹고, 하
늘도 봐요. 나는 바느질이 좋아요. 하다가 멈출 수 있
고. 애들을 보면서 할 수 있고. 친구도 만나고. 그래서
바느질해요.

다음 날에는 천과 천을 엮는 방식을 배웠다. 액은 홈질을 마친 천 두 장을 맞잡고 바느질을 시작했다. 서툰 영어로 바느질 기법을 설명하기 어려웠는지 잘 보라며 바짝 다가앉아 시범을 보였다.

뭔가 왔다 갔다 한 것 같은데, 뭐지? 두 눈을 부릅뜨고 다시. 그다지 어려워 보이지 않는데 당최 손이 말을 듣지 않는다. 먼저 실로 엑스(X)를 만들고, 마지막 구멍에서 빠져나온 바늘을 엑스의 교차점 아래에 넣고, 다시 대각선 윗부분에 바늘을 넣고, 다시 반대편 대각선으로 올라간 뒤⋯⋯ 아, 미궁 속으로⋯⋯.

분명 보았다. 대각선 위로 올라갔다가 엑스의 교차 지점으로 들어갔다 나오는 것을 보긴 보았다. 신기루였다. 보았는데 사라졌고, 잡았는데 허깨비였다. 도무지 이해가

안 가 묻고 또 물었고, 액은 보여주고 또 보여주었다. 무엇
보다 곤혹스러웠던 점은 내가 왼손잡이라는 사실. 오른
손으로 시범을 보여줬는데 나는 반대로 해야 하니 여간
헷갈리는 것이 아니었다.

한 시간 넘게 씨름한 끝에 제법 그럴싸한 모양이 나왔다.
신기했다. 바늘을 이리저리 움직였을 뿐인데 뭔가가 엮
였다. 모양이 나왔다. 심지어 예뻤다. 대단한 바느질이잖
아? 이렇게 재미있을 일이야? 흐름을 타기 시작했다. 파
도 위에 몸을 실었다. 넣고 올리고 엮고 넣고 올리고 엮
고. 나에게도 파도가 밀려왔다. 솟아오르고 사그라지고
다시 새로운 파도가 일었다. 평상 위로 얼마나 정적이 흘
렀을까. 침묵을 느낄 겨를조차 없었다. 지음이가 소꿉놀

이를 하다가 몇 번이나 큰 소리로 엄마를 불렀을까? 아
아, 하루 온종일 바느질만 하면 얼마나 좋을까.
다음 날 저녁 무렵에야 마지막 매듭을 지을 수 있었다. 자
그마한 원피스가 완성되자마자 부리나케 지음이를 불러
세웠다. "지음아, 입어보자. 엄마가 만든 옷이야!"
아이가 원피스를 입은 모습을 보자마자 울컥하지 않았다
면 거짓말이다. 꼬박 사흘간 황홀한 우주여행을 떠났다
돌아온 것 같았다. 내가 옷을 만들다니! 더 놀라운 건 완
성도였다. 천 두 장을 엮었을 뿐인데, 손으로 바느질만 했
을 뿐인데, 어떻게 이렇게 완벽할 수가 있지?

이렇게 시작되었다. 나의 바느질은. 그때그때 할 수 있는 만큼 하고, 하다가 멈췄다 다시 이어가고. 언제 어디서든 바느질을 했다. 마음이 복잡해도, 머리가 핑 돌아도, 격렬한 미움도, 숨 막히는 사랑도 바느질 앞에서는 가라앉았다. 바느질은 매 순간 서두르고 재촉하고 멈추지 않는 나를 다독여주었다. 어차피 서둘러봤자 한 땀이었다.

한군은 혼자 아이들을 돌봐야 한다는 어려움이 뒤따라도 내가 바늘을 잡으면 어지간하면 내버려두었다. 어쩌면 잔소리도 재촉도 없는 평화로운 시간을 바랐는지도 모르겠다. 한군은 느긋함과 여유로움을 사랑하는 사람이다. 인간계가 아닐지도 모른다는 생각이 들 만큼. 그의 시간은 나와는 참 다르게 흐른다.

연애 시절, "우리 몇 시에 만날까?" 물으면 그는 이렇게 답했다.

　≠　해가 질 무렵?
　»　(한숨) 해가 질 무렵이 정확히 몇 시냐고? 누군가를 기다리게 하는 건 그 사람의 시간을 빼앗는 거야.
　≠　난 너를 기다리는 시간이 너무 좋은걸. 빼앗긴 시간은 없어. 걱정 마.

정말이지 내가 아무리 늦어도 그의 웃는 얼굴에는 변함이 없었다. 1분 1초를 쪼개 사는 나와는 너무나도 다른 시간을 사는 것 같았다. 그래서 부딪히는 일도 잦았는데 언젠가부터 나는 그러한 한군을 받아들였고 한군 역시 내 속도를 어느 정도 맞춰주며 인간계로 넘어왔다. 여전히 오늘이 며칠인지, 지금이 몇 시인지가 그에게는 그다지 중요한 것 같지 않지만.

치앙마이에서 바느질을 배우면서 나의 조급함은 한층 사그라들었다. 아이들이 도통 움직여주지 않아 가보고 싶은 곳을 가지 못해도 화가 나거나 초조하지 않았다. 아이들을 기다리는 동안 바느질을 하면 그만이었고, 아이들이 숙소에서 나가지 않으려 하면 나도 퍼질러 앉아 옷을 지었다. 첫 태국 여행에서 치앙마이의 아주 작은 부분만을 보았지만, 친구를 만들었고 스승을 만났고 바느질을 배웠다. 다시 만나야 할 사람이, 다시 가야 할 이유가 생긴 것이다. 또 하나, 여기저기에 마구마구 떠들고 싶은 즐거움이 생겼다. 나는 바느질 전도사가 되기로 마음먹었다. 그리하여 알음알음 사람들을 모아 바느질 워크숍을 열었으니 이름하여 '죽음의 바느질 클럽'(이하 '죽바클')이다. 천천히, 느긋하게, 쉬엄쉬엄하는 바느질에 어쩌다 이런 이름이 붙었느냐고? 그 이야기를 지금부터 차근차근해보겠다.

우리가 쓰는 도구
: 바늘과 실…… 그리고 버섯

+ +

모든 도구를 한꺼번에 다 갖출 필요는 없다. 필요할 때마다 하나씩 구비하면 된다. 우리가 소개하는 도구와 똑같은 걸 쓰지 않아도 상관없다. 장롱 깊숙이 넣어둔 반짇고리를 꺼내서 손에 맞는 도구를 찾아보자. 여기서 소개하는 모든 걸 갖추는 데 대략 5만 원이면 충분하다.

= =
바늘

바늘은 실의 굵기와 원단의 두께에 맞춰 고른다. 굵은 실로 작업할 때는
바늘귀가 큰 바늘을, 가는 실로 작업할 때는 바늘귀가 작은 바늘을 사용한
다. 바늘땀을 촘촘하게 떠야 할 때에는 되도록 가늘고 짧은 바늘이, 뻣뻣
한 천이나 두툼한 원단에 바느질할 때는 굵고 딴딴한 바늘이 좋다. 소개하
는 바늘 외에 다양한 길이와 굵기의 바늘이 있으니, 바느질이 점점 익숙해
지고 즐거워진다면 그때 본격적으로 바늘의 세계를 탐험해보길 바란다.

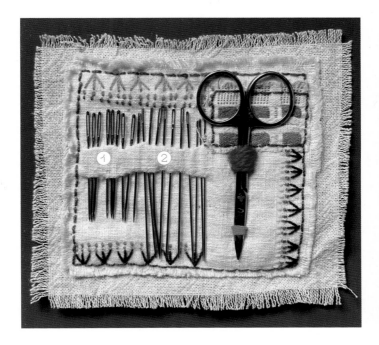

바늘겨레

가느다란 은빛 바늘은 잠깐 한눈 팔면 잃어버리기 십상이다. 분실 방지,
휴대성, 안전 세 가지를 놓치지 않으려면 바늘겨레를 사용하자. 시중에 파
는 폭신폭신한 솜이 들어간 바늘겨레를 구입해도 되지만, 이왕이면 자투
리 천을 활용해 직접 만들어보자. 감침질로 쪽가위를 고정할 수 있는 고리
를 만들거나, 자수로 멋스럽게 장식할 수도 있다. 나만의 바늘겨레를 만들
어서 언제 어디서나 바느질을 즐겨보길!

우리는 늘 사진 속 바늘쌈지를 품고 다닌다. 제일 활용도가 높은 바늘 두
종류를 분실 및 불의의 사고에 대비해 여러 개 구비하여 바늘겨레에 안전
하게 꽂은 뒤 돌돌 말아주면 외출 준비 끝!

① 　　　바늘귀가 큰 짧은 바늘: PRYM No. 18
② 　　　바늘귀가 작은 긴 바늘: 크라운 90mm(길이) 1.07mm(굵
기) 시침。이불용

=|=|=|= |=|=|=|=|=|=|=|=|= |=|=|=|=|=|=|=|=|=|=|=|=|=|=
실

실의 세계는 무궁무진하다. 재료에 따라 잣는 방식에 따라 종류, 질감, 색,
굵기, 꼬임 등이 다르다. 보통은 쓰임에 따라 선택하지만 우리는 자유롭
게, 느낌 가는 대로, 끌리는 것을 고른다. 바느질에 익숙해지면 어느 순간
실이 물감처럼 느껴질 때가 있다. 색상의 미묘한 차이를 감지하고, 다양한
색 조합을 시도해보다가, 점점 다양한 색실을 찾아보고 쟁여두게 된다. 무
리해서 쟁이다 보면 평생 써도 다 못 쓸 실이 쌓일지 모르니 주의!

④   치앙마이 면실

치앙마이에서만 구할 수 있는 면실. 합성섬유로 만든 실에 비해 강도는 약
하지만 광택이 없어서 차분하고 자연스러운 느낌을 낼 수 있다. 자수에도
수선에도 잘 어울리는 만능 실이다.

② 올림퍼스 사시코 자수실

치앙마이 면실의 만족스러운 대체재다. 일본산 실인데 한국에서도 쉽게 구할 수 있다. 다음에 소개할 아크릴실만큼 튼튼하고 색상도 다양하다. 특히 그러데이션 색실은 하나의 실로 다채로운 색을 표현할 수 있어서 애용하는 편.

③ 아크릴실

치앙마이에서 구한 아크릴실. 합성섬유로 만든 실이라 내구성이 뛰어나고 가벼우며 건조가 빠르다. 선명하고 강렬한 색감이 매력적이다. 어떤 원단에 바느질을 해도 실이 부드럽게 빠져나오기 때문에 섬세함을 요하는 작업에 적합하다. 기능성 운동복이나 나일론 가방 등 합성섬유 재질의 물건을 수선할 때 사용하는 것을 권한다.

④　　　뜨개용 굵은 털실

뜨개질할 때 사용하는 두께 3~4밀리미터짜리 굵은 털실. 굵기 덕분에 수
선할 부위를 빠르게 채울 수 있다. 우리가 가장 효율적인 수선 재료로 손
꼽는 실. 바느질이 서툴러도 엉성해 보이지 않아 큰 만족감을 준다는 엄청
난 장점이 있다. 면, 아크릴, 울, 혼방 등 다양한 소재, 굵기, 색상의 실이
있으니 수선물에 맞게 실을 고를 수 있다.

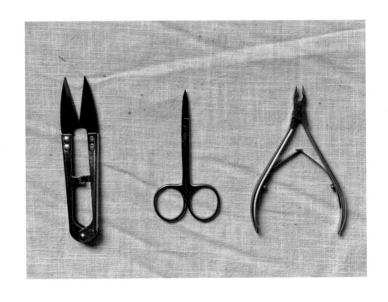

=|=|=|=|=|=|=|=|=|=|=|=|= |=|=|=|=|=|=|=|=|= |=|=|=|=
가위

쪽가위 또는 수예용 가위든 문구용 가위든 자신의 손에 잘 맞는 가위를 쓰
면 된다. 만약 새로 사야 한다면 조금 비싸더라도 마음에 쏙 드는 가위를
구입할 것. 가위는 한 번 사면 오래오래 쓸 수 있는 물건이고, 오래 쓸 물
건일수록 마음에 쏙 드는 생김새여야 정이 가는 법이다. 가윗날이 예리해
야 실을 깔끔하게 자를 수 있다는 점만 명심하자.

= =
실 끼우개

바늘구멍에 실 꿰는 것을 돕는 친절한 도구다. 바늘구멍에 철사 고리나 낚
싯줄을 끼우는 건 실 꿰기보다 수월하다. 바늘구멍을 통과한 실 끼우개에
실을 걸고 잡아당기면, 미간에 주름 잡힐 일 없이 손쉽게 실을 꿸 수 있다.
보통 수예용으로 판매하는 실 끼우개(보라색 플라스틱 꽃)는 내구성이
약해 몇 번 사용하면 망가지고, 고치기도 어렵다. 우리는 아이들의 구슬
팔찌 재료를 활용해서 실 끼우개를 직접 만들어 쓴다. 내구성 최고! 사진
속 비즈 실 끼우개의 황동 비즈는 치앙마이 시장에서 구입했다.

===

스케치용 필기구

천에 멋들어지게 자수를 놓기 전에 필기구를 사용해 밑그림을 그린다. 홈
질하기 전에 실선을 그려놓으면 무아지경에 빠져 바느질하다가 궤도에서
벗어나는 일을 방지할 수 있다.

패브릭 마커펜, 초크, 색연필, 연필…… 무엇이든 괜찮다. 패브릭 마커펜은
종류에 따라 드라이어로 열을 가하거나
물로 빨면 쉽게 지워지므로 편리하다.
우리는 주로 (사진 왼쪽부터) 수성 마
커펜, 연필, 색연필을 사용한다.

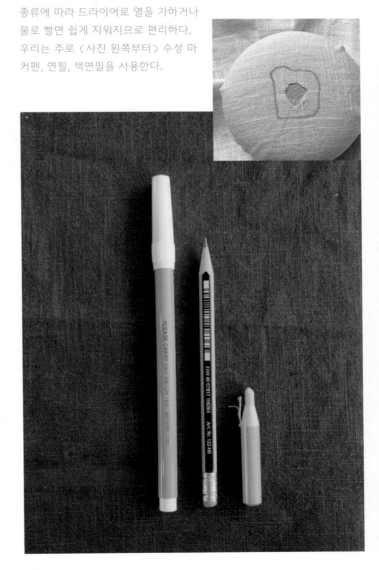

= =
　　　다닝머시룸
수선할 부분을 고정하여 바느질 작업을 더 쉽게 도와주는 버섯 모양의 수
선 도구. 꿰매기, 짜깁기를 뜻하는 '다닝'(darning)과 버섯을 뜻하는 '머
시룸'(mushroom)을 합쳐 '다닝머시룸'이라 부른다. 수선해 고쳐 입는 일
이 흔치 않은 한국에서는 적당한 크기의 좋은 다닝머시룸을 구하기가 쉽
지 않다. 우리는 오랜 경력을 가진 목공 장인에게 의뢰해 다닝머시룸을 직
접 제작했다. 시행착오를 거쳐 현재 세 번째 버전까지 나왔다.

① 　　　　치앙마이 바느질 스승님이 선물해준 태국산 다닝머시룸. 버섯 머리 하단에 홈이 있어 고무줄로 수선물을 고정할 수 있다.

② 　　　　죽바클표 다닝머시룸 첫 번째 버전. 양말 수선에 가장 적합한 크기로 제작했다. 어린이 양말을 수선할 땐 뒤집어서 버섯 몸통 부분을 활용할 수 있다.

③ 　　　　죽바클표 다닝머시룸 두 번째 버전. 첫 번째 버전의 특징을 그대로 살리면서 고무줄을 끼울 수 있는 홈을 추가했다. 고무줄로 수선물을 고정하면 어깨에서 힘을 빼고 바느질을 할 수 있다.

④ 　　　　버섯이 아닌 여러 형태의 다닝 도구. 조약돌 모양은 옷의 가장자리를 수선하거나 양말의 발가락 끝부분을 기울 때 사용하면 편리하다. 납작한 진짜 조약돌을 사용해도 좋다. 달걀 모양은 얇은 원단의 작은 면적을 수선할 때 도움이 된다.

⑤ 　　　　죽바클표 다닝머시룸 세 번째 버전. 휴대성과 귀여움을 끌어올렸다. 과감하게 버섯 머리 부분만 남기고 '다닝마카롱'으로 개명했다. 손잡이 대신 움푹 들어간 부분을 손가락으로 잡으면 바느질 작업이 한결 편안하다. 제작비도 줄였다.

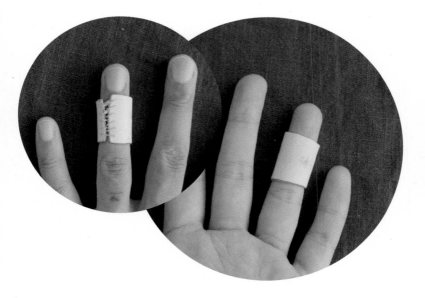

===

골무

바늘이 좀처럼 들어가지 않는 두꺼운 소재를 수선할 때 바늘귀를 힘껏 밀기 위해서는 골무가 필수다. 손가락이 바늘에 찔리는 것도 방지해준다. 별것 아닌 듯 보여도 소중한 손을 보호해주는 유용한 도구. 골무의 소재와 형태는 다양하다. 우리는 낡은 가죽 가방 자투리를 잘라서 만들었다.

= | = | = | = | = | = | = | = | = | = | = | = | = | = | = | = | = | = | = | = | = | = | = | = | = | = | = | = | = | = | = | =
　　　헤드랜턴

장시간 바느질을 하다 보면 눈이 침침해진다. 안구 건강과 시력을 위해 하나쯤 구비할 것을 추천한다. 헤드랜턴이 있다면 캠핑장에서 '불멍'을 하면서도, 잠든 아이 옆에서도, 소등한 비행기에서도 언제 어디서든 바느질 작업이 가능하다.

[알전구를 대신할 버섯 탄생기]

어린 시절, 엄마는 구멍 난 양말을 꿰매기 전에 알전구를
양말에 집어넣어 수선할 부분을 평평하게 펴주었다. 양말
한 켤레에 천 원이던 시절을 지나 천 원으로는 껌 한 통을
살 수 없는 시대이니, 이런 기억을 갖고 있는 이들이 얼마
나 될까? 이제는 양말을 꿰매 신는 사람이 드물다.
치앙마이에서 이름도 생소한 다닝머시룸을 처음 봤을 때,
그 옛날 엄마가 쓰던 알전구가 떠올랐다. 물론 생김새는
알전구보다는 송이버섯과 똑 닮았지만. 바느질을 전수
해준 스승 액은 이 버섯처럼 생긴 도구를 천으로 감싸더
니 편편해진 천 위를 도화지 삼아 자수를 놓기 시작했다.
아, 이렇게 편리한 도구가 있다니! 우리가 반색하자 액은
이 유용한 도구를 흔쾌히 우리에게 선물했다.
한군은 다닝머시룸의 맛을 단번에 알아차렸다. 특히 천에
씨실과 날실처럼 교차하는 자수를 놓을 때나 양말을 꿰맬
때는 실과 바늘처럼 없어서는 안 될 기본 도구이자 필수
도구가 되었다. 그런데 바느질 워크숍 참여자들에게 건넬
여분이 없었다. 인터넷을 뒤지면 수월히 구할 줄 알았는
데 의외로 녹록지 않았다. 크기가 적당하고 매끄럽게
마감된 완성도 높은 '버섯'을 구할 수가 없었다. 어렵게 찾
아낸 다닝머시룸은 너무 비쌌다. 고심 끝에 우리가 만들
어보기로 했고, 꽤 오래 발품을 판 끝에 한 공예사로부터
가능할 것 같다는 답변을 들었다.
우리가 고른 목재는 밀도와 강도가 높은 물푸레나무. 목
재를 목선반에 끼우고 작동시키자 빠른 속도로 회전하기
시작했고, 40년 경력의 목공은 끌처럼 보이는 도구로 이
나무 덩어리를 신중하게 조각해나갔다. 엄청난 속도로 돌
아가는데 어떻게 형태를 잡는 것인지 신기할 따름이었다.
투박한 나무 덩어리가 매끈한 버섯 형태를 띠기 시작하자
목공은 기계를 멈추고 모양을 확인한 뒤 다시 기계를 작
동시키길 여러 번 반복했다. 마지막 단계에 이르러서는

장비를 바꾸고 좀 더 세심하게 곡선을 잡아나갔다. 곧 버섯 한 송이가 툭 떨어졌다. 커다란 나뭇조각이 한 송이 버섯으로 태어나는 데 10분이 걸렸다. 눈을 크게 뜨고 내내 지켜봤는데 시작과 끝만 본 것 같았다.

1980년에 개업해 40년 넘게 한자리에서 나무를 만지셨다는 이 목공의 손에서 탄생한 버섯, 아니 다닝머시룸 500개는 이러한 과정을 거쳐 무사히 워크숍 참여자들의 손에 쥐어졌다. 버섯이 동이 나면 우리는 늘 이분께 작업을 의뢰한다.

누군가는 금형을 떠 플라스틱으로 제작하면 더 싸고 쉽게 만들 수 있지 않느냐고 했지만, 우리는 나무가 좋다. 너무 가볍지도 무겁지도 않은 무게와 부드러운 감촉이 마음에 든다. 무엇보다 자연 소재야말로 수선과 어울리지 않는

가. 수선을 하자고 금형을 뜨고 플라스틱을 양산하고 싶지 않다.

2023년 가을, 광주 국립아시아문화전당의 초청으로 '아시아아트마켓' 행사에 참여했다. 손바느질로 만든 제품, 수선 도구와 작업물을 전시하고 죽바클 워크숍을 알리는 부스를 열었는데, 관람자들이 그 쓸모를 단번에 알아채기 어려운 버섯을 닮은 도구에 유독 관심을 보였다. 한 독일인은 자기도 아빠에게 물려받은 다닝머시룸을 갖고 있다며 반가워했다.

아빠에게서 물려받은 다닝머시룸이라니, 또다시 엄마의 알전구가 떠올랐다. 기억을 거슬러 올라가 보면 옛집의 안방 한구석에는 엄마가 사용하던 오래된 바느질함이 있었다. 더 옛날에는 반짇고리를 자식에게 물려주기도 했다는데, 그런 문화가 사라진 게 내심 아쉬웠다.

"한군, 우리는 지음, 이음, 보음이에게 다닝머시룸을 물려주자. 어때?"

[광란(光瀾)의 바느질 파티]

캠핑의 참맛은 타오르는 모닥불을 바라보며 멍하니 앉아 있는 '불멍'이지만, 불멍은 기어이 바느질을 부른다. 그래서 마련한 아이템은 헤드랜턴. 우리는 오로지 바느질을 위해 헤드랜턴을 장만했다. 어둠 속에서 한줄기 빛에 의지해 이어가는 손바느질의 맛이란 형언하기 어려울 정도다.

바느질은 틈새 일이다. 무엇과 무엇 사이의 틈을 파고들지 않으면 따로 시간을 내어 작업하는 것이 불가능한데, 바느질거리만 있다면 틈새와 틈새와 틈새를 합쳐 두어 시간쯤이야 거뜬하게 확보할 수 있다. 둘이 나란히 앉아 각자의 이마에서 쏟아져 내리는 빛줄기를 따라 작업에 집중한다. 오롯이 혼자만의 시간을 보낸다. 이보다 더 완벽한 시간은 없다.

헤드랜턴이 꼭 캠핑장에서만 필요한 건 아니다. 모두가 잠들기를 간절히 기다린 어느 밤, 방 한구석에 자리 잡고 앉아 헤드랜턴을 켠다. 나 홀로 즐기는 고요한 파티. 그 광란(光瀾)의 파티에서 탄생한 옷이 수십 벌이다.

너희는 잠을 자거라, 나는 바느질을 할 테니.

바느질 기법
: 이래도 괜찮고 저래도 괜찮은

✢ ✢

학교 다닐 때 배운 교과목 중 기술∘가정, 실과 등으로 불렸던 수업을 떠올려보자. 수업 시간에 손가락 꼬물거리며 만들던 무언가가 하나쯤 있을 것이다. 보조 가방이나 도시락 주머니 같은. 그 정도의 눈썰미와 경험만 있으면 누구나 바느질을 시작할 수 있다. 그때의 경험이 악몽 같았던 이도 분명 있을 테지만, 저마다의 바느질 리듬이 유전자 어딘가에 내재되어 있음을 믿고 용감하게 바늘을 들고 일단 찔러보자. 구멍 뚫린 양말이, 낡은 천 가방이 근사하게 변신하는 순간을 맞게 되리니!

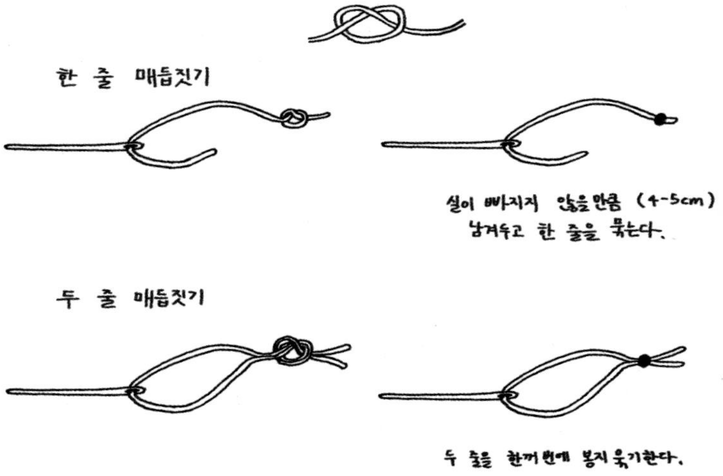

한 줄 매듭짓기

실이 빠지지 않을만큼 (4-5cm)
남겨두고 한 줄을 묶는다.

두 줄 매듭짓기

두 줄을 한꺼번에 뭉치 묶기한다.

#·#·#·#·#·#·#·#·#·#·#·#·#·#·#·#·#·#·#·

한 줄 매듭짓기 / 두 줄 매듭짓기

죽바클에서는 주로 한 줄 매듭짓기를 사용한다. 그림과 같이 바늘귀에 한
쪽 실은 길게, 다른 한쪽 실은 짧게 걸어둔 다음, 길게 뺀 실끝을 매듭지으
면 바느질 준비 완료. 짧게 뺀 실이 바늘에서 빠지지 않도록 적당한 길이
를 유지하며 바느질을 한다. 한 줄 매듭짓기는 작업 도중 실수했을 때 원
단에서 실을 뽑아내고 다시 작업하기에 편리하다. 그러나 한쪽 실이 계속
빠지는 게 신경 쓰인다면, 실 두 겹으로 굵은 스티치를 넣고자 한다면 두
줄 매듭짓기로 작업하자.

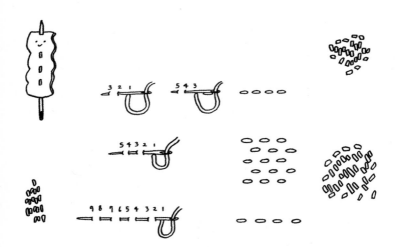

＃＊＃＊＃＊＃＊＃＊＃＊＃＊＃＊＃＊＃＊＃＊＃＊＃＊＃＊

홈질(=어묵 꿰기)

손바느질의 가장 기본 기법. 홈질만 알아도 어지간한 수선은 모두 가능하
다. 쉽고 간단하면서 많은 것을 해낼 수 있는 만능 기법이다. 바늘을 천의
뒤편에서 앞으로 꽂은 다음, 적당한 간격을 두고 앞에서 뒤로 바늘을 통
과시키며 원하는 방향으로 천천히 나아가면 된다. '러닝 스티치'(running
stitch), '스트레이트 스티치'(straight stitch)라고도 부른다. 홈질로
바느질하다 보면 꼭 어묵 꼬치를 꿰는 듯해서 '어묵 꿰기'라는 이름을 붙여
보았다.

천 가장자리의 올이 풀리지 않도록 시접을 접어 바느질할 때 사용한다.

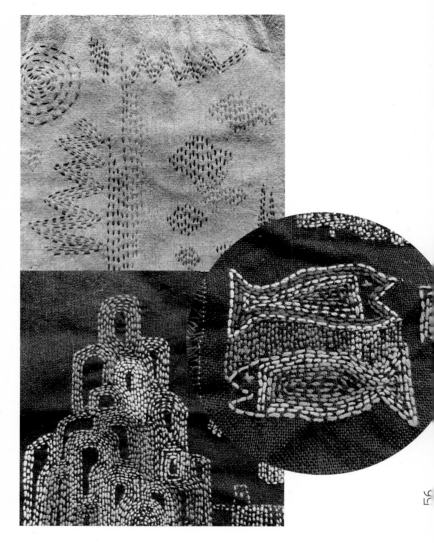

한 점 한 점 찍어서 점묘화를 그리듯, 한 땀 한 땀 바느질하며 그림을 그려 보자. 수선할 부분을 멋스럽게 꾸밀 수 있다.

낡은 티셔츠나 양말을 살펴보면 그물처럼 해진 부분이 있다. 홈질로 왔다 갔다 실을 채우면 순식간에 수선할 수 있다. 참 쉽다.

[홈질 작업 노트 ① 뜯어진 가방 주머니]
첫째 지음이가 초등학교 입학을 앞두자 다른 무엇보다
알록달록 멋스러운 가방을 선물할 생각에 설레었다.
그러나 입학식을 앞둔 여덟 살 아이의 취향은 이미 확고
했다. 내가 정성 들여 고른 가방들을 보여줘도 미동하지
않았다. 누굴 닮아 이토록이나 단호하단 말인가!
결국 지음이가 고른 가방은 나의 취향과는 정반대였다.
가방을 메고 다니는 너의 등을 매일 쳐다봐야 하는 건
나인데, 그 물건을 지켜볼 엄두가 나지 않았다.
이런 마음을 내려놓기까지 시간이 얼마나 걸렸던가. 내
가방이 아니다, 내 가방이 아니다, 내가 메는 가방이 아니
다, 내 것이 아니다······.

순식간에 3년이 흘렀다. 4학년을 앞둔 지음이가 애들이
나 메는 가방 같다며 책가방을 바꾸고 싶단다. 조카만 보
면 얼굴에 함박꽃이 피는 아이의 큰아빠가 선물해주신
두 번째 책가방은 크기며 디자인이며 내 맘에 쏙 들었으
나, 고학년의 책 무게(라기보다 종합 잡동사니의 무게)
에 1년을 못 버티고 주머니가 뜯어져버리고 말았다.
뭐든지 고쳐 쓰는 걸 보고 자란 아이는 한군에게 수선을
의뢰했는데, 한군은 역제안을 했다.
"음······ 지음이도 할 수 있을걸? 한번 해볼래?"

의뢰인	지음
작업자	지음
도움	한군
수선 도구	가느다란 바늘, 아크릴실

분홍색 지퍼와 고리가 포인트로 들어간 가방이기에 눈에 띄는 실로 수선
하는 대신 복원에 초점을 맞췄다. 지음이는 가방과 기가 막히게 비슷한 색
깔의 아크릴실을 고른 뒤 가방 몸통의 안감과 뜯어진 부분을 잘 맞대어 손
가락으로 꽉 붙잡고 차분하게 바느질을 했다. 집중력을 발휘해 약 30분
동안 홈질을 이어가며 생각했던 것보다 훌륭하게 마무리했다.

[홈질 작업 노트 ② 구멍 나기 직전의 양말]

날카로운 발톱에 뚫린 발가락 구멍, 오래 신어서 생긴 뒤꿈치 구멍, 어딘가에 긁혀 올이 풀리면서 생긴 복숭아뼈 구멍…… 보통 양말은 이 세 부위가 닳는 편인데, 희한하게도 한군의 양말들은 발바닥 한가운데가 해져 구멍 나기 직전의 상태가 된다.

구멍이 난 것도 안 난 것도 아니라 버리기 애매한, 그렇지만 신고 나가기엔 조금 부끄러운. 왜, 어째서, 발바닥 한가운데가 해질까? 차마 버리지 못하고 쌓아두었던 양말을 수선하기로 했다.

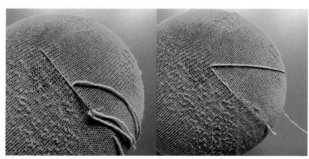

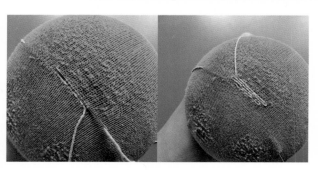

작업자	한군
수선 도구	가느다란 바늘,
	아크릴실,
	다닝머시룸

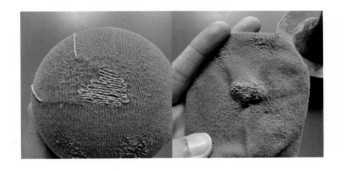

구멍 난 양말도, 구멍 나기 직전의 양말도 홈질로 수선할 수 있다. 그러나 계속해서 영토를 확장해가는 해진 부분은 수선하기가 여간 애매한 것이 아니다. 어디가 시작이요 끝인지를 알 수 없기 때문이다. 한참을 고민한 끝에 그물 모양으로 간신히 연결되어 있는 실을 이용해 '채워 넣기' 수선을 하기로 했다.

먼저, 다닝머시룸에 양말을 끼우고 수선할 부분이 버섯머리에 오도록 고정한다. 이때 양말의 느슨해진 그물코가 밑실 역할을 한다. 기존 짜임에 두세 그물 간격으로 어묵 꿰듯 홈질로 실을 채워 넣는다. 한 줄을 채운 뒤 방향을 바꿔 그 위로 한 줄을 더 채우고, 이 과정을 여러 번 반복한다.

작업을 마치고 다닝머시룸을 빼면 어느새 새살이 돋은 멋진 양말을 만날 수 있다. 수선의 흔적은 남지만 해졌던 부분이 말끔히 채워지고 폭신함이 더해진다. 쉽고 재미있는 수선으로 버려질 뻔한 양말을 살려냈다.

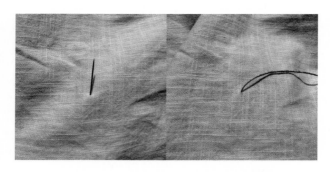

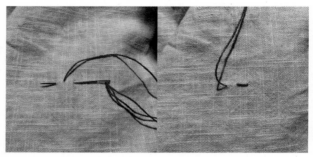

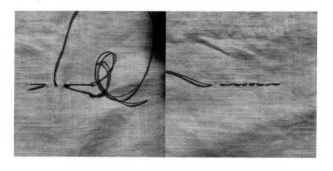

＃⊹＃⊹＃⊹＃⊹＃⊹＃⊹＃⊹＃⊹＃⊹＃⊹＃⊹＃⊹＃⊹＃⊹＃⊹
　　　박음질
홈질처럼 천과 천을 잇고 고정할 때 쓰는 기법. 박음질은 홈질로 첫 땀을
꿴 다음 다시 첫 땀의 뒤로 되돌아가 실을 곱걸어 꿰기 때문에 '백 스티
치'(back stitch)라고 부른다. 홈질보다 더 튼튼하다. 가지런히 새겨진
바늘땀을 보고 있노라면 기분이 좋아진다.

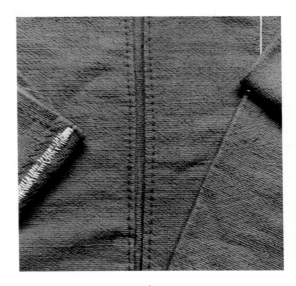

천과 천을 연결하거나 겹쳐 꿰맬 때 사용한다. 홈질과 비슷해 보이지만 훨씬 튼튼하다.

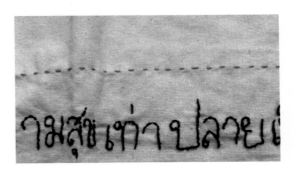

직선과 곡선을 활용해 촘촘하고 도톰하게 글자나 그림을 수놓을 수 있다.

[박음질 작업 노트 ♡ 끊어진 백팩 어깨끈]
절친한 친구 디제이 펀킨캣이 백팩 수선을 의뢰했다.
여러 수선 가게에서 거절당한 끝에 우리 앞에 당도한
캔버스 원단의 가방은 가죽처럼 질기고 견고해 보였다.
펀킨캣이 가장 아끼는 이 백팩은 그에게 생존 배낭이나
다름없기에 우리의 우정만큼 튼튼하게 수선해야 했다.
그는 우리 식구가 코로나19에 걸려 집 안에서 격리 중일
때 김포에서 성산동까지 한걸음에 달려와 샌드위치와 커
피를 문 앞에 걸어놓고 가는, 언제나 우리를 살뜰히 챙겨
주는 다정한 친구가 아니었나!
골무를 끼고, 박음질 기법으로 작업하기로 했다.

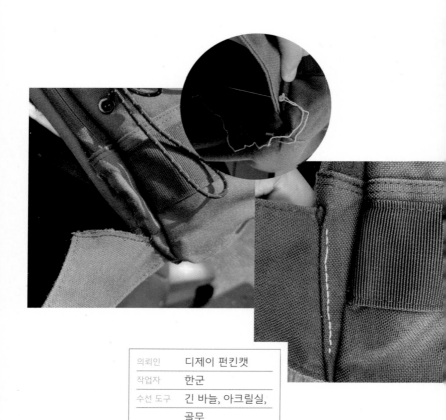

의뢰인	디제이 펀킨캣
작업자	한군
수선 도구	긴 바늘, 아크릴실, 골무

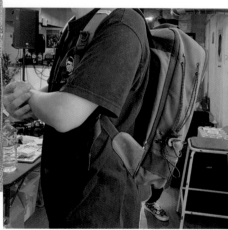

바늘이 원단 세 겹을 관통해야 하므로 골무를 끼고, 원단이 흔들리지 않도록 잘 붙잡은 뒤 천천히 수평으로 바늘을 찔러 넣었다. 가방의 몸통과 끊어진 어깨끈을 박음질로 연결한 다음, 가장 힘을 많이 받는 어깨끈 끝부분을 감침질로 촘촘하게 감아주었다. 매듭짓기 전에 어깨끈 근처에서 터진 부분을 발견, 마찬가지로 감침질로 여며주었다.

＃∻＃∻＃∻＃∻＃∻＃∻＃∻＃∻＃∻＃∻＃∻＃∻＃∻＃∻＃∻＃∻
　　감침질
용수철 모양으로 '돌돌 감아 꿰맨다' 하여 감침질이다. 간단한 기법이지만
잘 알아두면 박음질보다 탄탄하게 수선할 수 있다. 감침질은 실을 차곡차
곡 감아 나가는 것이 중요하다. 천천히 연습해보자.

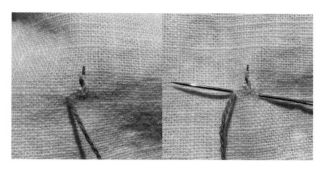

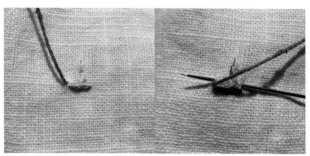

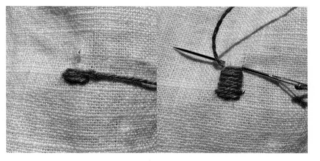

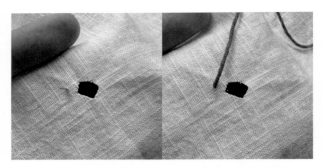

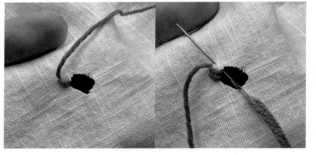

감침질로도 천과 천을 연결할 수 있다. 옷이나 가방의 꺾어진 부분을 튼튼
하게 보완할 수도 있다. 촘촘하게 감을수록 연결 부위가 도톰해진다.

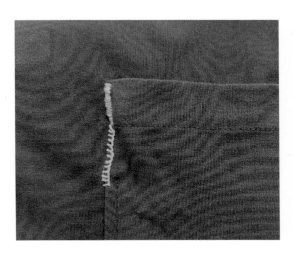

뜯어진 주머니를 단단하게 고정할 수 있다.

자꾸만 실밥이 풀리는 소매 끝단을 감침질로 색다르게 마감해보자.

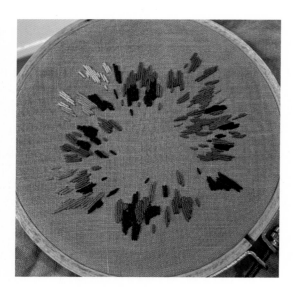

감침질을 반복하면 다양한 문양을 표현하는 자수 기법으로 활용 가능하다.

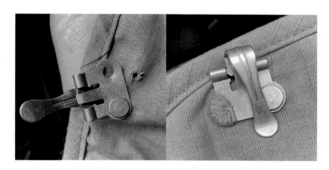

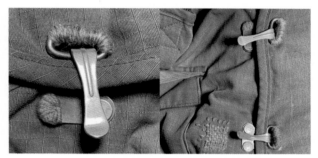

단추 구멍 둘레를 보완하거나, 버클 같은 떨어진 부속품을 수리할 수 있다.

[감침질 작업 노트 ① 끊어질 듯 말 듯 에코백 끈]

가볍고 얇고 예쁜 천가방을 사랑한다. 천가방이 숱하게 있지만 새로운 천가방을 보면 행복했고, 마음에 드는 디자인을 발견하면 망설임 없이 구입했다. 그렇게 내 옷장에는 엇비슷해 보이는 천가방이 쌓여갔다. 명품 가방을 사는 것도 아니고, 만 원도 안 되는 가방이니 괜찮다고 합리화할 때마다 한군이 말했다.

"만 원짜리 천가방 천 개 사는 거랑 명품 가방 사는 거랑 다를 게 없지 않나?"

어느 날, 아이들과 애니메이션 「위 베어 베어스」(We bare bears)를 보았다. '에코백 인생' 에피소드에서 곰 친구들이 마트에서 장을 보고 비닐봉지를 요구하자 점원이 환경을 위해 에코백을 사용하라고 제안한다. 에코백을 메고 다닐 때마다 이웃들이 칭찬하자 우쭐해진 곰 친구들은 "에코백 인생"을 외치며 가방을 사 모으기 시작한다. 그러다 결국 에코백 무더기에서 허우적거리게 되고, 그제야 주변을 둘러보니 나무 여기저기에 에코백이 주렁주렁 걸려 있고, 새들은 갈 곳을 잃고 힘들어하는 게 아닌가. 정신이 번쩍 든 곰 친구들은 에코백 생활을 청산한다. '에코 라이프'(eco life)를 외치며.

애니메이션이 끝나자 네 식구가 동시에 나를 쳐다보았다. 나야말로 이런 생활을 청산해야 했다.

내가 가진 에코백을 전부 꺼낸 뒤 번갈아가며 사용할 다섯 개, 주방에서 채소 담아두는 용도로 사용할 가방, 비닐봉지 보관용, 예비용 하나를 남겨두고 나머지를 기부하기로 했다. 때마침 책방무사에서 손님에게 책을 담아줄 에코백을 모은다는 소식을 접했고, 나의 에코백을 모조리 책방무사로 보냈다. 남은 에코백은 '에코'하게 고쳐 쓰고 있다.

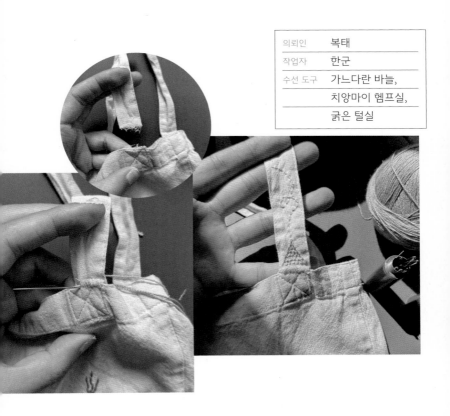

의뢰인	복태
작업자	한군
수선 도구	가느다란 바늘,
	치앙마이 헴프실,
	굵은 털실

수선 워크숍에 참여하는 사람들이 들고 오는 수선거리 거개가 에코백이다. 상태도 비슷비슷하다. 가방끈이 떨어졌거나 간당간당 겨우 매달려 있거나. 새로 사는 것이 어쩌면 돈과 품이 덜 드는 일인데도 공들여 수선하려는 이들을 만나면 반갑다. 에코백 가방끈 수선은 감침질로 충분하다. 떨어진 가방끈도 멀쩡한 가방끈도 감침질로 엮으면 더 튼튼하게 오래오래 멜 수 있다.

마음에 드는 실을 골라 바늘에 끼우고 용수철 감듯 돌돌 감아 나간다. 여러 가지 색실을 섞어 작업해도 좋다. 굵은 실은 통통하고 아기자기한 느낌을 자아내고, 가느다란 헴프실이나 면실로 작업하면 시간은 조금 더 걸리지만 강렬한 포인트를 남기면서 견고하게 수선할 수 있다. 당장 일어나 에코백을 찾아보시길!

[감침질 작업 노트 ② 너덜거리는 재킷 주머니]

세 아이를 돌보느라 언제나 분주히 움직이는 한군의 재킷 주머니에서는 툭하면 물건들이 쏟아진다. 아이들이 바닥에 흘린 물건을 대신 주우려고 몸을 숙이다가, 아이를 안아주다가, 목마를 태워주려고 쭈그려 앉다가, 등에 올라타려는 아이들의 기습 공격에 상체가 기울어진 찰나, 주머니에 들어 있던 것들이 우수수 떨어진다. 핸드폰, 장난감, 꼬깃꼬깃 구겨진 휴지, 손소독제, 사탕, 젤리……. 그의 물건은 성한 법이 없고, 자그마한 물건은 왕왕 잃어버리기도 한다. 그럼에도 그의 재킷 주머니가 허허롭게 비는 날은 없다.

게다가 한군은 항상 재킷 주머니에 손을 넣고 지낸다. 잠시라도 서 있어야 하는 상황이면 담벼락이나 은행나무, 놀이터의 놀이기구에 등을 기대고, 등 붙일 곳을 못 찾으면 재킷에 양손을 푹 집어넣는다. 자신의 손이 천근만근은 되는 것처럼. 그러니 재킷에 달린 주머니란 주머니는 죄다 너덜너덜해진 채 겨우 붙어 있었다. 희한한 점은 자주 사용하지 않는 바지 뒷주머니도 그렇다는 것.

이참에 주머니가 달린 옷과 소품 들을 살펴보니, 그가 자주 들고 다니는 가방의 주머니, 셔츠나 티셔츠 가슴팍에 달린 작은 주머니도 덜렁덜렁한 게 아닌가. 심봤다! 수선거리가 잔뜩 생겼다.

이럴 땐 역시 마법의 수선법, 감침질이 최고의 명약이다.

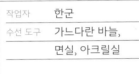

작업자	한군
수선 도구	가느다란 바늘, 면실, 아크릴실

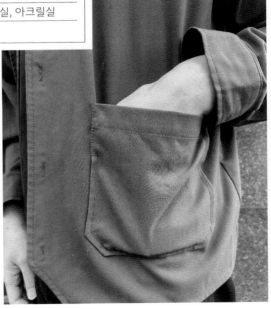

주머니 수선은 쉽게 만족감을 얻을 수 있는 작업이다. 주머니가 뜯어지면 반가운 마음이 들 만큼! 홈질, 박음질, 감침질, 블랭킷 스티치, 직조자수기법 모두 활용 가능하다. 여러 기법을 섞어서 수선하는 재미가 있다고 할까.

힘을 가장 많이 받는 끝부분은 감침질로 단단하게 감아주고, 깔끔하게 작업하고 싶다면 홈질을, 포인트를 주고 싶다면 박음질이나 블랭킷 스티치로 작업하길 권한다.

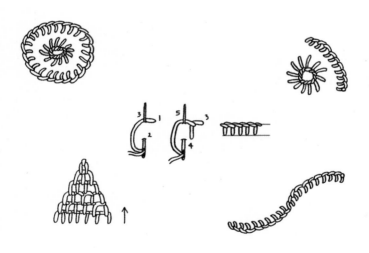

⽊⋄

블랭킷 스티치

블랭킷 스티치는 자수의 기본 중 기본이자 수선에도 유용한 기법이다. 모
포(블랭킷)의 가장자리를 마감하고 장식하는 데에 주로 사용되어 블랭킷
스티치(blanket stitch)라는 이름이 붙었다.
아래에서 위로 꽂은 바늘을 쭉 뽑은 뒤, 반대로 위에서 아래로 꽂은 다음
완전히 잡아당기기 전에 고리를 만들어 직각으로 꿰어 나가면 울타리 모
양 스티치가 만들어진다. 응용법이 무궁무진해 나만의 모양을 창조할 수
있다.

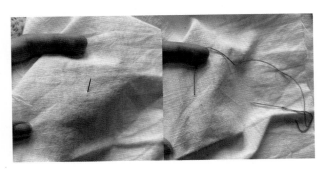

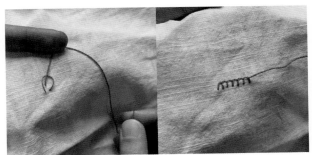

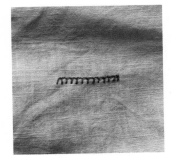

블랭킷 스티치 활용법
바탕 천에 여러 가지 모양의 천 조각을 깁거나 꽃, 깃털, 산호 등 각종 문양을 수놓을 때 활용한다.

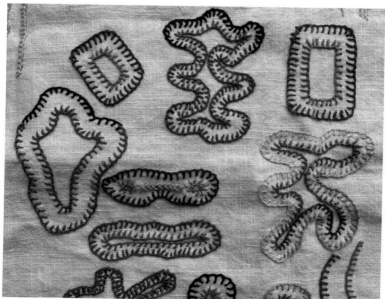

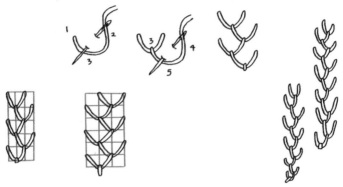

올이 살짝 풀린 옷 가장자리나 소매 끝부분을 블랭킷 스티치로 깔끔하게
수선할 수 있다.

[블랭킷 스티치 작업 노트

♡ 지루해진 낡은 티셔츠]

한동안 검은색 티셔츠만 입고 살았다. 아이 셋에 강아지 하나를 돌보다 보면 검은색만큼 실용적인 색이 없었다. 강아지 발자국 찍힐 걱정 안 해도 되고, 아이들과 밥 먹는 시간이 두렵지 않았다. 떡볶이도 짬뽕도 편하게 먹을 수 있으니 얼마나 좋은가!

차분한 색감이 나를 묵직한 사람으로 만들어주었으면 하는 바람을 더해 주야장천 검은색 티셔츠만 고집한 결과, 어느 날 갑자기 지루함이 몰려왔다.

구멍 나거나 찢어지거나 해진 곳 하나 없이 멀쩡하지만 내 변덕 때문에 손이 가지 않는 옷을 어찌해야 할까? 버릴 수도 없고 남 주기에도 애매한 계륵 같은 존재. 나는 이 티셔츠를 캔버스 삼기로 했다.

파란색 실과 바늘을 쥐고 손이 가는 대로 티셔츠 여기저기에 물감을 흩뿌리듯 바늘땀 물을 들였다. 그럴싸한 액션 페인팅 티셔츠가 완성되었다. 새로운 생명을 얻은 낡은 검은색 티셔츠는 제일 자주 입는 옷이 되었다.

작업자	한군
수선 기법	블랭킷 스티치, 홈질, 직조자수, 밑실 깔기
수선 도구	길고 가느다란 바늘, 나일론실

낡은 티셔츠에 포인트를 주고 싶을 때는 자수 작업이 제일이다. 이왕이면 티셔츠 위에서 통통 튀는 다채로운 색실로 작업해보길 권한다. 실을 골랐다면 마음 가는 대로 온갖 기법을 활용해보자. 나는 검은 바탕에 대비되는 파란색 실을 골라 점묘화 그리듯 홈질을 했고, 밑실 깔기로 촘촘한 포인트 장식을 넣었다. 너덜거리는 목덜미 상표는 뜯어낼까 말까 고민하다가 상표 가장자리를 블랭킷 스티치로 근사하게 장식했다. 멀리서 보면 파란색 물감이 튄 것처럼 보인다.

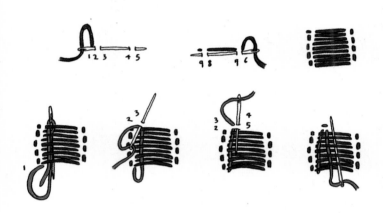

＃＊＃＊＃＊＃＊＃＊＃＊＃＊＃＊＃＊＃＊＃＊＃＊＃＊＃＊＃＊＃＊＃＊

직조자수

날실과 씨실을 교차해서 구멍을 막거나 자수를 놓는 기법이다. '선'(실)
을 차곡차곡 쌓아 빈 곳을 채워 '면'을 만든다고 생각하면 된다. 지금까지
소개한 수선 기법 중 가장 놀랍고 재미있는 기술. 죽바클에서는 날실을 밑
실, 씨실을 윗실이라고 부른다.

수틀이나 다닝머시룸을 사용하면 천이 잘 고정돼 밑실 깔기가 수월해진
다. 익숙해지면 다닝머시룸 없이도 작업할 수 있다. 직조자수 기법은 실의
배합에 따라 새로운 느낌과 모양을 다양하게 연출할 수 있다. 보통은 평직
으로 작업하지만, 능직이나 수자직 등 다양한 직조 방식을 적용해보자.

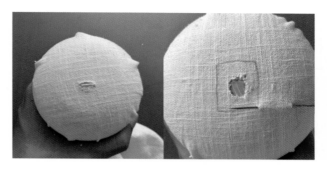

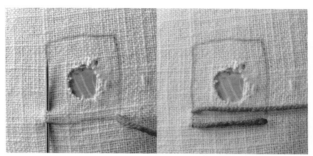

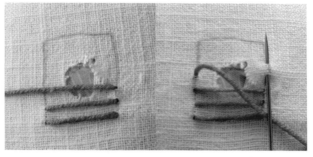

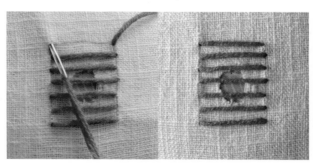

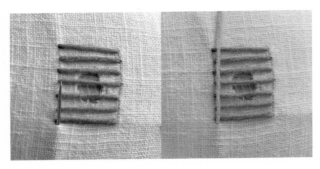

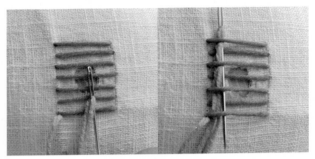

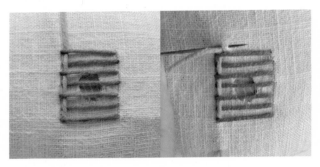

84

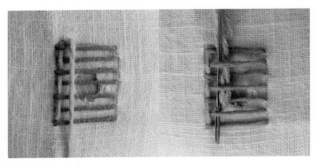

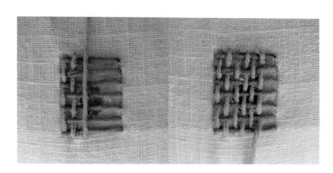

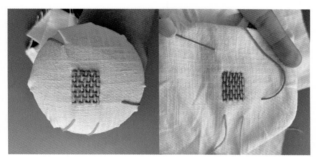

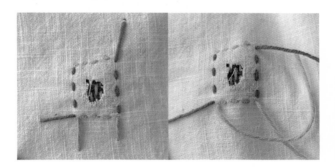

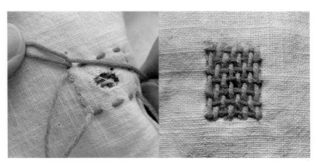

85

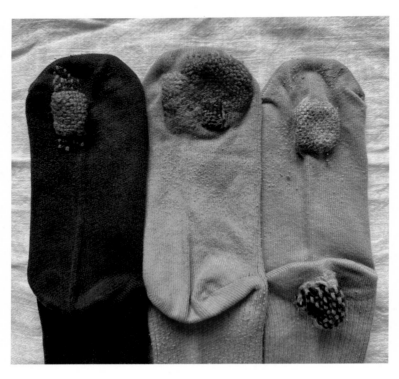

구멍이란 구멍은 전부 직조자수로 폭신폭신하게 메울 수 있다.

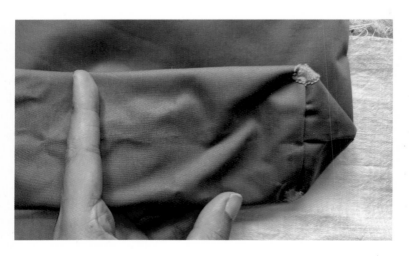

모서리에 난 구멍을 직조자수로 튼튼하게 막을 수 있다.

니트 소재를 다룰 때는 기존의 짜임을 밑실 삼아 수선하면 시간과 품을 아낄 수 있다.

어디에든 직조자수를 놓으면 맵시가 살아난다.

[직조자수 작업 노트 ① 닳고 닳은 후드티 소매]

15년 된 후드티가 하나 있다. 닳고 닳아 여기저기가 해졌
지만 이상하게 자꾸 손이 가는, 그래서 버릴 생각을 결코
해보지 않은 그런 옷이다.

펑퍼짐한 초록색 후드티를 도대체 누가 줬는지는 모르겠
지만, 2009년 어느 날 이 옷이 생겼고 낙낙한 품이 마음
에 들어 수시로 입고 다녔다. 그러다 한군과 연애를 시작
하면서 자연스럽게 그에게 양도되었고 결혼한 뒤로는 둘
이서 같이 입는 옷 중 하나가 되었다. 첫째를 임신했을 때
는 임부복으로도 활약했다. 그렇게 우리 사이를 왕래하
던 후드티는 우리를 따뜻하게 품어준 세월만큼 낡았다.

수선을 모르던 시절에는 낡은 옷소매가 부끄러웠다. 동
네 찻집에서 친구라도 만날 때면 나도 모르게 소매를 접
곤 했지만 이제는 당당하다. 어딜 가도 부끄럽지 않다. 소
매가 흘러 내려도 접지 않는다.

의뢰인	복태
작업자	한군
수선 도구	긴 바늘, 아크릴실
수선 기법	직조자수, 감침질

옷의 가장자리 수선은 의외로 간단하다. 만약 소매 끝이 터졌다면 감침질로 꼼꼼하게 감아주고, 실밥이 풀리거나 해졌다면 직조자수로 덮어준다. 원래 그런 디자인인 것처럼 여러 가지 색실을 섞어서 작업하면 해진 부분이 감쪽같이 감춰지고 세상에 단 하나밖에 없는 '빈티지'가 완성된다. 이 후드티는 15년 세월이 고스란히 담겨 있어서 소매, 허리 끝단, 후드 가장자리 등 손봐야 할 곳이 많았다. 시간이 오래 걸리는 작업을 할 때는 색실을 다채롭게 구비해두자. 긴 작업 시간이 좀처럼 지루하지 않다.

[직조자수 작업 노트 ② 구멍 뻥 뚫린 니트 모자]

모자를 쓰면 답답해서 즐겨 쓰지 않는다. 머리를 감지 않은 날이나 머리가 시린 날에만 실용적인 목적으로 모자를 찾는다. 반면 한군은 매일 모자를 쓴다. 한군에게 모자는 옷과 다름없어서 모자를 쓰지 않고 밖에 나가면 헐벗고 나가는 것 같다나.

겨울에는 정수리와 귀를 덮기 위해 니트 모자를 애용한다. 쨍한 파란색이 마음에 들어 구입한 니트 비니는 내가 드물게 애지중지하는 모자다. 한군이 쓰면 늘어날까 봐 몰래 숨겨두고 쓰곤 했는데, 어느 날 꺼내보니 웬 커다란 구멍이 나 있었다. 언제, 누가, 어디서, 어쩌다가?

한군에게 수선을 의뢰했다. 한군은 걱정 말라며 쨍한 파랑에 어울리는 색실을 골라 한 땀 한 땀 엮어나갔다. 얼마 지나지 않아 니트 모자에 예쁜 직조가 수놓였다. 올이 풀린 곳은 말끔히 사라졌다. 모자에 근사한 브로치를 단 것 같았다.

의뢰인	복태
작업자	한군
수선 도구	바늘귀가 큰 굵은
	바늘, 니트와 잘
	어울리는 굵은 털실

니트 소재를 수선하는 작업은 언제나 즐겁다. 직조자수의 밑실이 이미 깔려 있어서 여러 기법을 두루두루 섞어 작업할 수 있기 때문이다.

먼저 구멍 난 부분의 올이 더 이상 풀리지 않도록 직조자수로 덮어 막았다. 포인트를 주려고 일부러 여러 색실을 사용해 씨실과 날실로 엮었다. 이렇게 구석구석 직조자수를 놓으면 세상 어디에도 없는 나만의 모자를 만들 수 있다.

수선하는 삶

: 웬만하면 살려낸다

✢ ✢

［엄지가 뚫고 나온 양말（voice. 한군）］

내 발은 무지 크다. 게다가 엄지발가락이 유난히 길어서 발 크기 290밀리미터보다 반 치수나 한 치수 큰 신발을 신어야 하는데 대부분의 브랜드에서는 280까지만 나오기 때문에 신발 사기가 늘 어렵다. 여태껏 마음에 쏙 들면서 발도 딱 맞는 신발을 만나는 경험은 몇 번 하지 못했고, 어렵게 구한 신발마저 밑창이 닳기도 전에 엄지 부분이 뚫리곤 했다.

신발이 뚫렸다는 것은 당연히 양말도 살아남지 못했다는 뜻. 긴 엄지발가락의 비애는 양말에 상당한 영향을 미쳐서 사흘이 멀다 하고 발톱을 깎는데도 구멍이 뚫리는 것을 막을 수 없다. 그러니 수선의 기술을 터득하자마자 당장 양말 상자부터 열었던 것이다.

어렸을 때 엄마는 양말 안에 알전구를 넣어 구멍 난 부분을 팽팽하게 늘린 다음 꿰매주곤 했는데, 수선한 티가 나는 것이 싫었고 발에 배기는 느낌도 거슬렸다. 양말은 신었을 때 신경이 쓰이지 않아야 하는데 걸을 때마다 꿰맨 부분이 밟혀 결국엔 그 양말을 신지 않았다. 요사이는 값싼 양말이 흔해져서 양말에 구멍이 나면 꿰매 신기보다 새로 사 신는 것이 당연해 보이기도 한다.

양말 수선은 쉽지만 섬세해야 한다. 내가 배운 수선법은 양말 수선계의 혁신이라고 해도 넘치지 않는다. 직조자수로 구멍 난 부분을 메꾸는 방식인데 다양한 색을 활용해 포인트를 주는 효과와 더불어 꿰맨 부분이 거슬리지 않을

만큼 똥똥해지면서 푹신함을 더해준다. 신발 벗을 일이 생길 것 같은 자리에는 일부러 내가 수선한 양말을 신고 갈 정도로 자신 있다. 신발을 벗으면 사람들의 시선은 내 양말로 향한다.

난이도	❤❤♡♡♡
수선 기법	직조자수
수선 도구	굵은 바늘,
	굵은 털실,
	다닝머시룸

양말 안에 다닝머시룸을 넣고 고정할 때는 주의가 필요하다. 양말은 탄성이 좋아서 바짝 잡아당긴 채 작업하면 수선이 끝난 뒤 양말의 탄성이 회복되면서 수선한 부위가 볼록하게 튀어나오기 때문이다. 물론 그렇다고 해서 양말을 신는 데 큰 문제가 생기는 건 아니다. 약간 거슬릴 수는 있겠지만 오히려 도톰해져서 만족스럽게 신을 수도 있다. 주의하면 좋지만 딱히 주의하지 않아도 되는, 이것이 치앙마이 정신!

양말 구멍 언저리에 밑실을 잘 걸어준 다음 윗실을 채워준다. 구멍을 메우고 조금 허전하다 싶으면 주변부로 직조자수를 확장해나가 보자. 자꾸만 보고 싶고 신고 싶은 나만의 양말이 된다. 이렇게 하다가는 양말 전체를 덮어 아예 새 양말이 되어버릴지도.

[12년지기 반스 구멍 살리기]

사람의 발은 두 개뿐이지만, 나는 발이 열 개인 사람처럼 신발에 환장한다. 어느 정도냐면 (예의가 아닌 건 알지만) 사람을 만나면 얼굴보다 신발이 먼저 눈에 들어온다. '이 사람은 이런 신발을 좋아하는구나, 이렇게 독특한 신발은 처음 보는데?' 하며 첫인상을 신발로 기억한다.

가끔 마음에 드는 신발을 발견하면 이성을 잃기도 하는데, 곧 정신을 차리고 머릿속에 저장된 신발장 이미지를 불러온다. 자주 신발 욕심을 부리고, 수시로 갖고 있는 신발을 헤아리다 보니 나름의 기준을 세워 신발을 분류해두었다.

먼저 계절별로 구분하고, 여름 신발이라면 운동화인지 샌들인지 슬리퍼인지 혹은 격식을 차려야 하는 자리에 어울리는지, 신고 벗기 편한지 등을 나누고 목록화한 후 신발장을 정리한다. 그러면 언제든 채워야 할 빈자리를 떠올릴 수 있다.

아이들의 신발에도 신경을 쓰는 편이다. 성별 구분이 강한 디자인이나 캐릭터가 그려진 것은 피하고, 되도록 군더더기 없는 신발을 고른다. 그러나 아이들에게도 자기만의 취향이 있으니 가끔은 괴로운 심장을 부여잡고 아이가 원하는 신발을 들고 오기도 한다.

이런 나의 신발 인생에 딱 한 번 예외가 있었으니, 바로 한군을 만났을 때였다. 한군을 처음 만난 날, 그의 신발은 보지도 않은 채 사랑에 빠졌다. 아니, 그날 한군이 신고 있던 신발이 지금도 또렷이 기억나지만 그의 신발이 눈에 들어왔을 땐 이미 사랑에 빠진 후였다. 내 인생에서 이런 일은 결단코 존재하지 않았다.

한군이 신고 있던 신발은 아주 낡고 투박한 안전화(주로 공사 현장에서 신는 신발)였는데 내 취향은 아니었다. 다해져 구멍이 난 신발 뒤꿈치에는 청테이프가 덕지덕지 붙어 있었다. 그는 몹시 초췌한 상태로 길에서 주웠다는 커다란 카디건을 걸치고는, 달랑거리는 어깨끈을 청테이프

로 돌돌 말아 붙인 군청색 가방을 메고 있었다. 그럼에도
한눈에 반하다니 대체 무슨 조화였을까. 첫날에는 이 모
든 것이 안 보이고 그에게서 광채만 돌았는데, 12년이 지
난 지금은 뚜렷하게 떠오른다. 그리고 연애하며 새로운
사실도 알았다. 구멍 난 낡은 안전화가 한군이 가진 유일
한 신발이라는 사실을.

청테이프로 안전화의 구멍을 감당하기 어려워졌을 때쯤
한군의 신발을 사러 갔다. 한사코 괜찮다며 그가 뭉그적
거린 이유를 알았다. 그에게 맞는 신발은 어디에도 없었
다. 300밀리미터 운동화를 찾는 일은 쇼핑도 데이트도
아닌 고난도의 노동이었다. 그렇게 큰 발은, 난생처음이
었다. 그날 해가 지고도 한참 후에야 반스 매장에서 겨우
잘 맞는 신발을 딱 한 켤레 구할 수 있었다. 한군은 그 신발
이 닳을 때까지 다른 신발은 살 생각이 없단다.

"어차피 한 번에 신을 수 있는 신발은 한 켤레뿐인데 왜 여
러 켤레를 가지고 있어야 해?"

난이도	♥♥♥♡♡
수선 기법	감침질
수선 도구	굵은 바늘,
	굵은 실

반스에 난 구멍을 메꾸지 않고 그대로 살려 포인트를 주는 방식으로 수선했다.
신발 안에 손을 넣고 바느질해야 하기에 손끝과 바늘 끝에 눈이 달렸다고 상상하며 작업해야 한다.

먼저 취향에 맞는 실을 고르자. 나는 특유의 도톰함이 좋아서 굵은 실을
택했다. 굵기 덕분에 수선 시간이 단축되는 건 덤! 구멍 주변을 쪽가위로
깔끔하게 정리한 다음 감침질로 작업했다. 어려운 기술은 아니지만 구멍
둘레를 한 땀 한 땀 차곡차곡 감싸 나가려면 상당한 집중력이 필요하다.
원단이 질기고 수선 부위가 빳빳한 만큼 바늘을 넣고 뺄 때마다 상당한 힘
이 들어간다. 어쩔 수 없다. 손끝 감각을 훈련한다는 생각으로 끝까지 해
보자. 소림사에서는 철사장 수련을, 죽바클에서는 바느질 수련을! 너무 힘
들다 싶으면 조금 더 가늘고 예리한 바늘로 시도해보길.

[구멍 송송 나고 체력 쑥쑥 올린 운동화]

나는 한군을 만나기 전까지 10년 넘게 다이어트 인생을 살았다. 포동포동했던 어린 시절에는 가족들로부터 잘 먹어 보기 좋다는 칭찬과 너무 많이 먹는다는 타박을 동시에 듣곤 했다. 내가 남들보다 많이 먹었는지 어쨌는지는 모르겠지만 언제나 마지막까지 남아서 먹었던 것은 기억한다. 최근에서야 깨달았는데, 나는 그냥 밥을 천천히 먹는 사람이었다. 지금도 여전히 마지막까지 남아서 먹기 때문이다. 그때는 어른들 말을 곧이곧대로 들었다. 스스로가 뚱뚱하다고 믿었다.

중학교 3학년 때 처음으로 사귄 오빠가 심드렁한 말투로 살 좀 빼면 좋겠다고 말했다. 지금이야 그런 말을 들으면 불같이 화를 내겠지만 사춘기 청소년은 큰 충격을 받고 바로 다이어트에 돌입, 세 달 만에 12킬로그램을 감량했다. 살이 빠지고 자신감이 생기자 나에게 상처를 준 사람과 더 이상 사귈 이유가 없었다. 이별을 통보했고 곧 요요가 왔다.

한국예술종합학교 연극원에 입학하면서 다시 열등감이 휘몰아치기 시작했다. 통통이 대학생이 된 나는 연기과 친구들을 볼 때마다 주눅이 들었다. 또다시 다이어트를 시작했다. 아침은 우유에 청국장 가루, 점심은 단호박이나 고구마 도시락, 저녁으로는 샐러드만 먹었다. 동기들이 연극 연습하다가 야식을 시키면 나는 신나게 먹는 그들을 바라보며 줄넘기 600개와 윗몸일으키기를 했다. 연습이 끝나면 첫차를 타고 집으로 돌아가 두세 시간 정도 자고 일어나 걸어서 학교에 갔다. 이런 생활을 세 달 정도 했을까. 몸에 이상이 왔다. 살이 급격히 빠지고 생리가 멈췄다. 병원에 갔더니 갑상샘항진증이라고 했다. 당장 다이어트를 멈추고, 밥 세 끼 꼬박 챙겨 먹고, 잠도 충분히 자는 정상적인 생활을 하라는 지시가 떨어졌다.

그 후로 다시는 다이어트를 하지 않았다. 아니다, 하긴 했다. 극단적으로 하지 않았을 뿐 다이어트를 멈출 순 없었다. 다른 사람과 나를 비교하면 한없이 초라해졌고, 조금만 방심하면 살이 찐다는 생각에서·벗어날 수 없었다.

팔상 체질에 따른 다이어트를 여덟 달가량 하고 있을 무렵 한군을 만났다. 당시 나는 살이 포동포동하게 오른 상태였고, 직장 스트레스로 여기저기가 아팠고, 뮤지션의 길을 걷기 시작했지만 지지부진하여 자신감도 바닥을 치던 그야말로 암흑기를 보내던 중이었다. 음악에 관한 이야기를 끝없이 이어나갈 수 있는 소중한 음악 파트너이자 해맑은 애인과 보내는 시간이 길어지면서 점점 건강을 되찾고 밝아지기 시작했다.

한군은 편견 없이 세상을 바라봤고 사람을 함부로 평가하지 않았다. 나를 있는 그대로 봐주는 첫 번째 사람이었다. 그의 나긋함과 긍정적인 에너지가 점점 나에게 스며들었다. 한군과 밥을 먹으면 이상할 정도로 속이 편하고 체하는 일이 없었다. 다이어트는 더 이상 필요치 않았다.

곧 결혼하고 아이 셋을 낳고 기르면서 육아하랴 일하랴 내 몸 상태에 신경 쓸 여력이 없었다. 그러다 셋째가 다섯 살이 되고 육아가 조금 편해지자 다시 살이 붙기 시작했고, 동시에 체력이 쑤욱 빠져나가는 게 느껴졌다. 다시 다이어트, 아니 이제는 건강을 위해 운동을 해야 하는 시기가 온 것이다.

바로 이때, 나에게 자극을 준 친구가 있다. 아이들과 한강에 놀러 갔다가 오랜만에 친구와 마주쳤는데, 어쩐지 건강해 보인다 싶더라니 안 본 사이에 30킬로그램이 빠졌단다. 친구는 일에 몰두하며 정신없이 살다가 건강에 적신호가 와서 운동을 시작했다고. 매일 두 시간씩 걸었더니 몸이 가뿐해지고 체력도 회복되어 걷기 운동이 즐거워졌단다.

순간 다이어트에 목매던 지난 세월이 눈앞을 스쳐 지나갔다. 오직 날씬해지고 싶다는 욕망만으로 무리하게 살을

빼는 바람에 오히려 건강을 잃은 순간들. 뭐든 시작하면
단시간에 끝장을 봐야 한다고 생각했던 지난 날들이. 내
가 단 한 번이라도 운동을 즐겁게 한 적이 있었던가. 이제
는 강박적인 다이어트가 아니라 친구처럼 매일 조금씩 건
강을 되찾는 운동을 해야 했다.
며칠 뒤, 친구로부터 30킬로그램을 감량하는 내내 신었
던 운동화를 수선해줄 수 있느냐는 연락을 받았다. 응원
하는 마음으로 기꺼이 수선을 맡기로 했다. 구멍 송송 뚫

린 운동화를 어루만지면서 친구의 건강을 기원했다. 운동화가 이리도 대단해 보이기는 처음이었다. 일단 운동화를 되살리고, 내 체력도 되살려볼까?

난이도	♥♥♥♥♡
수선 기법	직조자수, 감침질, 홈질
수선 도구	가느다란 자수바늘, 부드럽게 잘 빠지는 나일론실

합성섬유로 만든 기능성 운동화 수선에는 아주 튼튼한 나일론실이 제격이다. 운동화 앞코에 빈틈이 생기지 않도록 가느다란 자수바늘로 촘촘하게 직조자수를 놓았다.

신발 색깔에 맞춰 실을 고르는 대신 다양한 색실을 활용해 신발에 활력을 더해주었다. 이 신발을 신고 더욱 신나게 달릴 수 있도록! 발가락 쪽에 난 구멍만 메우고 수선 작업을 마무리하기 아쉬워서 운동화 곳곳에 감침질로 방울방울 장식 수를 놓은 뒤 수선을 마무리했다.

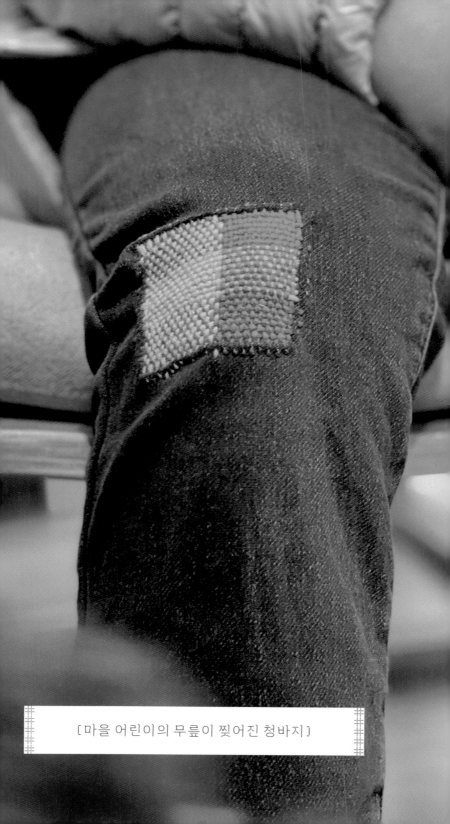

[마을 어린이의 무릎이 찢어진 청바지]

우리 식구는 성미산 마을에 산다. 요즘 세상에 서울에서 '마을'로 불리는 동네가 있다는 사실이 낯설지도 모르겠다. 동네에 사는 모든 이가 합을 맞춘 것은 아니지만, 모여 살게 된 몇몇 사람들이 공동체 의식을 나누고 꾸준히 소통하며 힘을 합쳐 마을을 위한 일들을 도모하며 살아간다.

마을의 어린이집에서는 공동육아를 하고, 다양한 형태의 공동육아 협동조합 '마을방과후'가 활발하게 운영되고 있다. 드라마 「응답하라 1988」에서처럼 골목 문화도 살아 있다. 골목길은 모두의 놀이터. 어른 아이 할 것 없이 마주치면 정겹게 인사를 건네고 담소를 나눈다. 혹여나 누군가 아이를 잃어버리면 마을 단체톡방에 연락이 오가고, 서로 수소문해서 아이를 찾는다. 맘 편하게 아이를 키울 수 있는 마을이다.

우리 집 세 아이는 조합형 초등방과후인 '도토리마을 방과후'에 다닌다. 아이들이 그곳에서 하는 일은 열심히 놀고, 나들이 나가고, 원하는 활동을 하고, 무럭무럭 자라는 것뿐이다. 양육자들은 아이들에게 선행 학습이나 경쟁에서 살아남기를 요구하지 않는다. 아이들의 몸과 정신이 건강하게 자라기를, 내가 아닌 우리를 배우고 공동체 안에서 더불어 살아가는 방법을 터득하길 바란다. 이를 위해 양육자들은 기꺼이 품을 들인다. 번갈아가며 일일교사를 맡고, 아이들이 지내는 공간을 청소하고, 방학 때는 돌아가면서 점심 반찬을 만든다.

마을 사람들은 서로를 애칭으로 부르고, 평어를 사용한다. 누군가는 어린이가 어른에게 반말을 쓰면 버릇 나빠지지 않느냐고 걱정하지만 아이들은 안다. 존댓말이 없어도 서로에게 예의를 갖추는 법을, 무례하지 않게 가까워지는 법을 말이다.

이 마을에는 회의가 유독 잦다. 형식적인 모임이 아니다. 양육자들이 모여 시시콜콜한 문제까지 함께 나누고 해결

점을 찾아나간다. 아이들이 옆에서 보고 배울 수 있도록 어른들이 서로에게 마음을 기울이고 노력한다. 내 아이만이 아니라 우리의 아이들이 잘 자랄 수 있도록 서로를 돌보는 것이다.

우리가 마을에서 제일 사랑하는 문화는 '마실'이다. "엄마, 202호에 마실 갈게." "언제 마실 초대해줄 거야? 오늘 가도 돼?" 아이들은 서슴없이 묻고, 편하게 서로의 문지방을 넘나든다. 별다른 일이 없으면 나도 종종 아이의 친구들을 초대한다. 어차피 우리 집은 이미 아이가 셋이라 다섯이든 일곱이든 다를 게 없다. 학교를 마치고 마을방과후가 끝나고도 안전하게 친구들과 더 놀 수 있으니 출퇴근하는 양육자들은 안심이다. 나 역시 마실 혜택을 자주 받는다. 급한 일이 생기거나 공연이 잡히면 이웃에게 마실을 부탁하고, 가능한 집은 흔쾌히 마실을 해준다.

덕분에 우리 집엔 시도 때도 없이 아이들이 드나드는데, 하루는 첫째 지음이의 친구 이레가 놀러 왔다. 그런데 이레가 입은 청바지 무릎이 찢어져 있는 것이 아닌가. 언제든 수선에 돌입할 준비가 되어 있는 한군이 그것을 놓칠 리 없었다.

"이레야, 바지 고쳐줄게. 나한테 몇 시간만 줘."
이레는 '수선'이라는 단어에 눈이 휘둥그레졌지만 지음이의 바지로 갈아입고는 순순히 자신의 바지를 건넨다. 한군은 손바닥만 하게 난 구멍을 이리저리 살펴보더니 다닝머시룸을 끼우고 바늘을 들었다. 세 시간쯤 흘렀을까. 이마에 땀방울이 송골송골 맺힌 한군이 고개를 들며 말했다. "이레야, 한번 입어봐!" 실과 바늘이 파란 천 위에서 넘실거렸을 뿐인데 예술 작품이 탄생했다. 무릎을 꽉 채운 직조자수는 아름다웠다. 이레도 제법 마음에 드는 눈치였다.

그날 밤 이레의 아빠 가리에게 연락이 왔다.

"한군, 대단한데? 너무 멋지잖아. 우리 집에 구멍 난 옷들이 꽤 있는데 다 수선해주면 안 될까? 정말 예뻐! 비용은 원하는 대로!"
"뭔 돈을 받아요! 마실 한번 와요. 언제든 수선해줄 테니!"

난이도	♥♥♥♥♡
수선 기법	직조자수
수선 도구	바늘귀가 큰 굵은 바늘, 다닝머시룸

청바지 무릎 부위가 크게 찢어졌다. 찢어진 부분을 완전히 덮어야 하므로 실을 넉넉히 준비해둔 다음, 다닝머시룸을 야무지게 끼워 넣었다. 수술 준비 끝.

직조자수로 큰 구멍을 메우려면 시간이 적잖이 소요된다. 한 시간 두 시간 작업하다 보면 시간을 한 땀 한 땀 엮고 있다는 생각이 든다. 손작업은 시간 작업이다. 구멍의 크기가 클수록 대단한 인내심이 필요하다.

아이들의 바지 무릎은 언제고 다시 찢어질 위험이 있으니 튼튼하게 작업해야 한다. 밑실을 빼곡하게 깔고 윗실을 차곡차곡 쌓아 직조하면 바지 원단보다 훨씬 튼튼하게 보강할 수 있다.

[좀 슨 무스탕을 빈티지 무스탕으로]

어릴 적, 엄마가 무스탕 입은 모습을 보면 그렇게 근사해 보일 수가 없었다. 얼른 무스탕을 입을 수 있는 어른이 되고 싶었다. 그러나 한편으로는 동물의 가죽으로 사람 옷을 만든다는 사실이 마냥 무섭고 동물이 가엾게 느껴졌다. 아이의 눈에 무스탕은 동경과 공포가 서린 어른의 옷이었다. 나는 무스탕을 입을 수 있는 어른이 아니라, 무스탕을 고칠 수 있는 어른이 되었다.

잎새는 바느질 워크숍에서 만났다. '죽음의 바느질 클럽'이라는 이름을 짓기도 전이었다. 당시 나는 알음알음 사람을 모집해 바느질 워크숍을 열곤 했는데, 어떻게 알았는지 잎새는 워크숍에 참여하고 싶다고 메일을 보낸 유일한 사람이었다. 그렇게 내가 아는 사람 중 가장 멋쟁이인 잎새를 만났다.

워크숍에서는 가방을 만들었다. 공지할 때는 오전 11시에 시작해서 오후 4시에 끝난다고 했지만, 가방을 완성하기 전까지 누구도 집에 가지 않았다. 모두가 오늘 안에 완성하고야 말겠다는 집념으로 꼬박 열한 시간을 바느질에 몰두했다. 그렇게 바느질을 하고 나면 전우애 비슷한 것이 생겨난달까? 이후로도 여러 워크숍에 참여한 잎새와 나는 바느질한 땀수만큼 우정을 쌓아갔다.

잎새는 우리 가족에게 온몸으로 노는 법을 전파해준 사람이다. 해마다 여름이면 잎새 부부는 두 아이를 데리고 제주로 내려가서 방학 내내 뜨거운 햇살과 시원한 바다를 만끽하며 지냈다. 물에서 태어난 사람처럼 여간해서는 물 밖으로 안 나온다고.

나는 아이들과 여름방학을 제대로, 여름답게 보내고 싶다는 생각을 늘 품어왔다. 이 계절을 몸으로 감각하고 기억하도록 해주고 싶었다. 그들의 피서법에 깊은 감명을 받은 우리 식구는 어느 해 여름 그들의 제주행에 동참했다. 수영을 배운 적 없는 아이들은 바다에서 절로 수영을 익혔고(그래봤자 개헤엄이지만), 물을 무서워하는 나

역시 물과 조금씩 친해졌다.

잎새 덕분에 우리는 제대로 노는 법을, 여행하는 법을, 이 계절을 즐기는 법을 배웠다. 하루 종일 물속에 몸을 담그고 지내는 것, 그거면 충분했다.

제주에서 아이들과 충만한 여름을 보내고 돌아온 어느 날, 때 이르게 월동 준비를 시작한 잎새가 무스탕 수선을 의뢰했다. 무스탕이라니, 오랜만에 듣는 단어였다. 잎새가 엄마로부터 물려받은 옷(역시 무스탕은 어른의 옷!) 인데 오래 방치해둔 탓에 군데군데 좀이 슨 것 같단다. 두꺼운 가죽 옷 수선은 처음이라 고민스러웠지만 그동안 갈고닦은 수선 실력을 시험해보고 싶었다.

심호흡을 하고 굵은 바늘을 들었다. 두꺼운 가죽이었지만 바늘이 제법 잘 들어갔다. 좀이 슬어 구멍이 송송 난 부위를 찾아 직조자수 기법으로 메꿔나갔다. 이제 엄마의 무스탕이 잎새의 것이 되었다. 부디 오래 오래 입어주길.

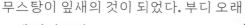

난이도	♥♥♥♥♡
수선 기법	홈질, 밑실 깔기, 직조자수
수선 도구	바늘귀가 큰 굵은 바늘, 가느다란 바늘, 아크릴실, 굵은 면실

역사가 담긴 옷인 만큼 근사하게 작업하고 싶다는 욕심이 생겼다. 섬세한 무스탕 조직이 상하지 않도록 바늘겨레에서 가장 가늘고 뾰족한 바늘을 골랐다.

먼저 기능적으로 문제가 있는 부분부터 수선을 진행했다. 떨어진 단추 자리에는 새로 어울리는 단추를 찾아 달아줬고, 덜렁거리는 중간 단추는 색실로 야무지게 꿰매주었다. 곳곳에 크고 작은 구멍과 얼룩이 있었는데 직조자수의 밑실 깔기 기법으로 해결했다. 어깨 부분의 커다란 얼룩은 직조자수로 수선하되 여러 굵기의 실을 사용해 재미있는 질감을 더해주었다. 가느다란 아크릴실로 밑실을 깔고 그 위에 다양한 굵은 털실을 걸어주었더니 오밀조밀 퍼즐 같기도 하고 지도 같기도 하다. 자꾸만 눈길이 간다. 자잘한 얼룩을 가릴 겸 구석구석 자수를 더 놓을 수도 있었으나 과유불급! 절제미를 최대한 살리고 마무리 지었다.

['불멍' 하다 타버린 잠바]

캠핑이 한창 유행할 때에는 별 관심이 없었다. 따뜻한 집 놔두고 뭐하러 밖에서 고생하나 싶었다. 그러던 어느 날 캠핑 페스티벌에 공연하러 갔다가 실로 어마어마한 광경을 목도했다. 멀리서 보면 단층 건물 같은 커다란 텐트, 번듯한 캠핑용 가구로 꾸민 거실과 주방, 침대인지 침낭인지 구분이 안 가는 잠자리까지. 도대체 이런 물건을 평소에는 어디다 보관할까? 야외에서 하루나 이틀을 보내기 위한 장비라기엔 이삿짐처럼 보였다. 그래, 캠핑이 제아무리 재미있다한들 우리는 엄두도 낼 수 없지. 장비들을 사는 것보다 보관하는 문제가 더 클 테니 말이다.

캠핑을 자주 간다는 동네 친구에게 이런 얘기를 하니 "자주 가면 갈수록 장비가 점점 줄어. 최소한으로 짐을 꾸리게 돼"라는 것 아닌가. 귀가 솔깃했다. 나의 반응을 놓치지 않은 친구가 한술 더 뜨며 말했다. "불만 피우면 돼. 캠핑장에서 필요한 건 그것뿐이야."

그날의 대화가 내게는 '불멍' 하나로 남았다. 타오르는 장작불을 멍하니 바라보는 '불멍'에 한번 빠지면 헤어나올 수 없다는데, 설마 진짜 그럴까 싶으면서도 호기심이 일었다. 흥, 그래봤자 호기심이다. 집에서 밥하는 것도 힘든데 그 모든 짐을 바리바리 싸 들고, 야외로 나가 차리고 치우고 또다시 싸 들고 와야 한다고? 어림없는 소리! 자, 그건 그렇고, 이번에 소개할 수선은 뭘까?

'불멍' 하다가 '구멍' 난 한군의 점퍼. 지난 모든 일은 '불멍 구멍 점퍼'로 요약된다. 어느 계절인가 충동적으로 떠났고, 조금씩 빠져들다가, 지금은 여러 벌의 '불멍 구멍'으로 막을 내린 수선스러운 캠핑 이야기는 이 수선으로 대신하자.

손바느질은 리넨이나 면직물에만 적합하다는 편견이 있었다. 합성섬유로
만든 방수 원단이나 폴리에스터 원단에 함부로 손댔다가는 옷이 망가질지
도 모른다는 근거 없는 두려움 때문이었다. 다양한 굵기의 바늘과 온갖 소
재의 실로 이런저런 시도를 해본 끝에 도구와 재료를 잘 선택한다면 어떤
원단이든 손바느질 수선이 가능하다는 걸 깨달았다.

그간의 연구 결과를 토대로 불똥이 튀어 구멍 난 폴리에스터 재질의 점퍼
를 수선했다. 섬세한 작업이 가능한 가느다란 자수바늘과 원단을 부드럽
게 통과하는 아크릴실이 최적의 조합이다.

먼저 불똥에 녹아 경화된 구멍 주위의 덩어리들을 쪽가위로 제거한 다음,
밑실을 촘촘하게 걸었다. 매우 가느다란 아크릴실로 점점 길게, 점점 짧게
꿰야 하므로 간격 조절에 주의하자. 이어서 빼곡하게 윗실을 걸었다. 바늘
귀로 실을 추스르며 모양을 잡아주면 더욱 정갈하게 작업할 수 있다. 앞부
분의 작은 구멍은 직조자수 밑실 걸기로만 수선했다. 윗실 거는 게 귀찮아
서 그런 건 절대 아니다!

[굳은살을 못 견딘 장갑]

2010년 3월, 친구의 생일잔치에서 한군을 처음 만났다. 제법 성대하게 잔치를 연 친구는 나에게 공연을 부탁했고, 한군 역시 공연을 하러 왔다. 당시 암울한 시기를 보내던 나는 그 누구와도 어울리지 않고 홀로 구석에 앉아 있었는데 한군이 다가와 말을 걸었다.

"혹시 기타를 빌릴 수 있을까요? 제가 오늘 공연을 해야 하는데 기타를 가지고 오지 않아서요."

공연하러 왔는데 기타를 안 가져왔다고? 뭐 이런 사람 다 있나 싶었지만 기타는 빌려주었다. 허술하고 키 큰 사람, 한군의 첫인상이었다. 그러나 곧 한군이 노래를 부르기 시작한 순간, 나는 그에게서 눈길을 떼지 못했다. 따뜻한 기타 연주, 온기로 가득한 목소리. 한 소절도 놓치고 싶지 않았다. 그의 목소리에는 귀를 뗄 수 없게 하는 힘이 있었다.

"Nothing's gonna change my world."

노래 가사는 그 무엇도 내 세계를 바꿀 수 없다고 했지만, 저 사람이라면 바꿀 수 있을 것만 같았다. 나를 구해줄 수 있을 것 같았다.

"저랑 같이 음악 하실래요?"

나도 모르게 무언가에 이끌리듯 무대에서 내려온 한군에게 다가가 건넨 말이었다. 처음 있는 일이었다. 그토록 염원하던 음악을 시작했지만 기타 실력은 도무지 늘지 않고, 노래도 영 시원찮아서 그만두려고 진지하게 고민하던 때였다. 그런데 저 사람이라면 내 음악을 잘 이해하고, 잘 표현해줄 것 같았다. 저 사람과 함께라면 음악을 포기하지 않아도 될 것 같았다. 돌이켜 생각해보면, 사실 그건 엄연한 작업 멘트에 가까웠지만 말이다.

한군과 음악을 하게 된 나는 한 달에 한 번 잡힐까 말까 한 공연을 핑계 삼아 연습일을 잡고 또 잡았다. 기타 치는 한군의 커다란 손이 좋았다. 늘 기타 지판 위를 자유롭게 노니는 한군의 손을 바라보며 노래했다. 그의 손은 얼마나 따뜻할까 생각하면서. 한군의 손을 처음 잡던 날을 기억한다. 손끝이 굳은살로 딱딱했지만 그마저도 좋았다. 이 손을 오래도록 잡고 싶었다.

14년이 흐른 지금도 나는 여전히 한군의 손을 좋아한다. 그의 손은 변함없이 따뜻하고 더욱 딴딴해졌다. 기타 연주로 박인 굳은살 위로 바느질 굳은살이 포개어졌다. 기다란 손가락으로 바느질하는 모습 역시 아름답다. 그 큰 손으로 아이들이 읽던 동화책을 한번에 나르고, 수건도 단번에 척척 정리를 할 때는 더더욱. 불편한 점은 같은 크기의 고무장갑을 쓸 수 없다는 것. 웬만한 장갑들이 그의 손에는 턱없이 작다.

한군의 왕손에 딱 맞는 장갑 한 켤레는 그의 손가락을 버티고 견디고 보풀을 한아름 내보내고 또 버티다가 그만 구멍이 나버렸다. 손이 커 슬픈 한군은 장갑을 차마 버리지 못하고 장롱 속에 고이 모셔두었다. 시간이 흘러 2019년, 자수 기법을 전수받은 한군이 장갑을 꺼냈다. 때가 온 것이다. 여기저기 색실로 덮인 장갑은 한군이 가장 애용하는 물건 중 하나가 되었다.

난이도	●●♡♡♡
수선 기법	홈질, 직조자수
수선 도구	바늘, 드라이버, 굵은 실

왼손 엄지와 검지와 중지, 오른손 검지와 중지. 왜 하필 이 자리에 구멍이 났을까? 기타 연주자는 엄지와 검지 손톱의 길이를 적정하게 유지해야 하는데 그 때문이리라. 그렇다면 수선 후에 또 같은 자리에 구멍이 생길 수 있으므로 튼튼한 보강이 필요하다. 이럴 땐 역시 직조자수 기법이다.

장갑 손가락 구멍으로는 다닝머시룸을 넣을 수 없다. 여러 대안이 있는데 가장 편한 방법은 드라이버 손잡이를 이용하는 것이다. 굵고 둥근 손잡이를 가진 무엇으로든 대체가 가능하다. 주변의 도구를 창의적으로 활용해 보자.

손가락 구멍에 드라이버를 넣어 단단하게 고정한 뒤 굵은 실로 밑실과 윗실을 빼곡하게 깔아준다. 이렇게 작은 구멍들은 다른 작업에 쓰고 남은 자투리실로 충분히 메울 수 있다.

아빠의 수선을 돕겠다고 나선 셋째 보음이가 왼손 새끼손가락에 주황색 실로 매니큐어를 칠해주었다.

구멍만 막았더니 조금 심심해서 손등과 손바닥 부분에도 홈질과 직조자수로 색을 더했다. 겨울이 기다려진다. 구멍이 반가워진다. 낡음이 두렵지 않다.

[고양이가 물어뜯은 뮤지션의 카디건]

(voice. 한군)

"잘 지내니? 너 요즘 바느질도 하고 수선도 한다고 들었어. 내가 아끼는 카디건이 있는데 수선을 맡겨도 될까?"

오랜만에 동료 뮤지션 정욱이에게 연락이 왔다. 사연인즉 슨 사놓고 한 번도 입지 않은 카디건을 반려묘 반디가 물고 뜯어 구멍이 났다는 것.

'쓰다'라는 이름으로 활동하는 정욱이는 고등학교 동창이다. 우리는 전북 무주에 있는 대안학교를 다녔는데, 한 학년 정원이 스무명 남짓이어서 전교생이 서로를 다 알고 지냈다. 정욱이는 말수가 적은 친구였다. 3년 내내 함께 지내면서 음악에 관심 있다는 사실도 몰랐을 정도로. 그에 반해 나는 학교에서 소문난 '기행을 일삼는 펑크로커'였다. 밴드를 하려고 학교를 다니는 것이라 해도 과언이 아닐 만큼 나의 학창 시절의 중심은 음악이었다.

골골 산골인 무주에서는 학교 일과가 끝나면 할 일이라곤 아무것도 없었다. 간식이라도 사 먹을라치면 걸어서 한 시간 거리의 읍내로 나가야 했으니, 피가 펄펄 끓던 그 시절 나는 내 모든 에너지를 음악에 불태웠다. 음악은 가장 재미있는 놀이였다. 기숙사에서 기타를 치거나 밴드실에서 친구들과 합주를 하며 많은 시간을 보냈다.

그랬던 내가 지금껏 음악으로 어떻게든 먹고살고 있다는 건 친구들 모두가 예상했던 바지만, 정욱이가 뮤지션으로 활동한다고 했을 땐 나를 포함해 친구들 대부분이 적잖이 놀랐다. 나중에 들어보니 정욱이는 기숙사에 아무도 없다는 걸 철저하게 확인한 후에야 조용히 기타를 치고 작곡을 했단다. 네가 이런 음악을 만든다고? 이렇게 기타를 끝내주게 연주한다고? 놀랍고 반가웠다.

아쉽게도 정욱이를 자주 보지는 못한다. 어른이 되어 좋지 않은 점이 있다면 친구들을 이유 없이 만날 일이 줄었

다는 것이다. 서로가 바쁜 것을 알기에 불러내기가 조심
스러워졌다. 일부러 만날 일을 만들어야 얼굴을 보고 그
김에 이런저런 이야기를 나눌달까. 옷 수선은 괜찮은 핑
곗거리였다.

도대체 고양이가 이 옷을 가지고 얼마나 신나게 놀았던
것일까. 카디건의 구멍은 생각보다 컸다. 큰 구멍 하나,
그 옆에 작은 구멍 하나. 카디건은 따뜻한 베이지색이었
는데, 일부러 비슷한 계열이 아닌 화려한 색실을 골라 수
선에 들어갔다. 구멍 난 카디건을 원래의 모습으로 복원
하고 싶지 않았다. 오히려 눈에 띄게 수선해 사랑스러운
반려묘의 흔적을 즐기도록 해주고 싶었다. 우리의 우정도
새롭게 엮어보고 싶었다. 낯선 동창이 아닌 동료 뮤지션
으로서.

얼마 뒤 내가 수선한 옷을 입고 공연하는 정욱, 아니 쓰다
를 볼 수 있었다.

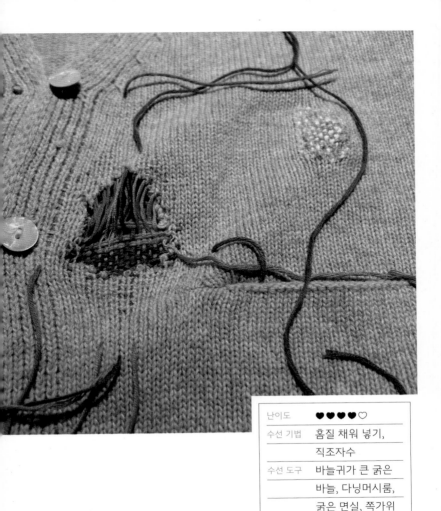

난이도	♥♥♥♥♡
수선 기법	홈질 채워 넣기, 직조자수
수선 도구	바늘귀가 큰 굵은 바늘, 다닝머시룸, 굵은 면실, 쪽가위

먼저 쪽가위로 구멍 주변을 정돈한다. 니트 카디건은 잘 늘어나므로 다닝
머시룸에 옷을 살짝 걸치되 완전히 고정하진 않는다(다닝머시룸 위로 옷
을 바짝 당겨 고정하면 탄성으로 인해 수선한 부분이 볼록하게 튀어나온
다). 수선할 부위를 평평하게 유지하고 밑실부터 차근차근 깔아나간다.
네다섯 줄씩 색깔을 바꿔 가며 밑실을 깔면 1차 작업이 마무리된다. 윗실
도 마찬가지로 네다섯 줄씩 바꿔가며 색을 넣어준다. 구멍이 채워지면, 윗
실이 밑실에 차곡차곡 걸리도록 바늘귀로 밀어 정돈해준다. 구멍 주변부
에는 홈질로 색실을 채워 넣었다. 옷을 뒤집어 실매듭을 짓고 마무리한다.
카디건을 짠 실보다 더 굵은 실로 직조자수를 할 경우 수선 부위가 부풀어
올라 카디건이 울 수 있으니 실 두께를 세심히 골라 작업할 것!

[어느 날 뚝 떨어진 기타 케이스 손잡이]

2012년 봄, KBS1 「인간극장」 출연 제의를 받았다.

"네? 인간극장이요? 저희를요? 왜요?"

이유인즉슨, 젊은 부부가 비정규직으로 살아가면서 음악도 하고 아이도 키워나가며 고군분투하는 모습을 담고 싶단다. 우리의 일상은 지극히 평범했고, 아이는 너무 어렸다. 백일도 채 되지 않은 지음이를 끙끙대며 돌보던 때였다. 출연 제의를 거절했다. 재미있는 해프닝 정도로 여기고 잊고 지냈는데 가을 무렵 제작진으로부터 연락이 왔다.

"아이가 좀 컸죠? 이제는 촬영이 가능할까요?"

거절했는데 또 연락을 주다니 우리 이야기가 뭐라고? 이번에는 호기심이 동해 만나보기로 했다.

록스타를 꿈꾸며 서울로 상경한 철없는 한군과 '홍대 여신'을 꿈꾸며 음악을 시작한 여덟 살 연상 복태가 아이가 생겨 결혼을 했다, 이들은 어떻게 음악을 하며 아이를 키워나갈 수 있을 것인가, 대략 이런 내용의 시놉시스였다. 우리 둘의 나이 차이가 화제가 될 만큼 유난스러운 일인가? 한군은 꿈에 젖어 사는 철없는 사람이 아니었다. 나는 '여신' 딱지를 얻으려고 음악을 시작한 게 아니었다. 우리는 힘겹게 아이를 키우고 있지 않았다. 시놉시스를 읽고 기분이 상해 또 거절을 했다. 그러자 피디님이 직접 연락을 해 왔다.

"그럴 의도는 아니었는데 죄송해요. 그건 말 그대로 시놉시스에 불과하고요. 연상연하 부부가 위기를 넘기고 결혼을 했고, 비정규직이지만 음악을 하면서 유쾌하게 살아가는 모습을 담고 싶어요. 좋아하는 일을 하고 살아도 괜찮다, 돈 없이 시작했더라도 아이를 재미나게 잘 키울 수 있다는 메시지를 전하고 싶어요. 그런 삶을 살아가고 싶어 하는 사람들에게 용기를 주고 싶어요."

피디님의 진실한 마음이 와 닿았다. 우리의 삶이 특별하진 않지만, 누군가에게 다른 삶의 방식을, 사회 통념대로 살지 않아도 괜찮다는 것을 보여줄 수 있다면 출연해봐도 좋을 것 같았다. 제안을 수락했다.

우리는 3주간 제작진과 거의 함께 지냈다. 처음에는 무척 신경 쓰였지만, 피디님과 촬영감독님은 늘 우리를 배려했고, 특별한 행동이나 대사를 요청하지 않아서 어느 순간부터는 카메라가 있다는 사실을 잊었다. 짧은 기간 그들은 촬영팀이 아니라 우리의 육아 동지이자 저녁을 챙겨주는 친구이자 공연을 지켜보는 매니저가 되어주었다.

「복태와 한군, 그들이 사는 세상」 5부작의 첫 방영일, 집에 텔레비전이 없어서 엄마 집으로 달려가 본방을 사수했다. 낯부끄러워 제대로 보지도 못했지만. 그날 이후 지인들은 물론 길에서 마주치는 모르는 사람들도 우리를 알아보고는 다음 편 이야기를 물어봤다. 당시 운영하던 블로그에는 칭찬과 격려와 응원의 댓글이 쏟아졌다. 젊은 부부가 아이를 업고 이리로 저리로 다니며 공연하고 수업하고, 이 일 저 일 안 하는 일이 없고, 와중에 베란다에서 텃밭 가꾸는 모습을 좋게 봐주셨던 것 같다.

"내 자식의 여자친구가 연상이라 무조건 반대했는데 그러지 말아야겠어요."

"우리도 연상연하 커플이라 걱정이 많았는데, 우리부터 편견을 떨쳐내야겠어요."

"원하는 일을 하면서 아이를 키우는 모습을 보고 용기를 얻었어요."

얼떨떨했다. 우리를 너무 좋게만 봐주는 분들에게는 우리도 자주 싸운다고, 좋아하는 일을 한다고 해서 늘 행복하기만 한 건 아니라고 꼭 말씀드렸다. 우리가 아름답게만 보이기를 원한 건 아니었기 때문이다.

「인간극장」에 출연한 이후 공연 제안이 한아름 들어왔다. 생각지도 못한 결과였다. 감사한 마음으로 불러주는 곳이면 어디든 달려갔다. 버스를 타고, 지하철을 타고, 기차를 타고, 전국 방방곡곡을 다녔다. 뒤로는 기타를 메고, 앞으로는 아기띠에 아이를 들쳐 안고서. 바로 그 시절, 우리와 함께 온갖 기쁨과 슬픔을 함께한 녀석이 있었으니 바로 기타 케이스다. 이리 치이고 저리 치이며 모진 수난을 온 몸으로 겪어낸 기타 케이스.

뚝!

으악. 하마터면 기타 케이스를 떨어트릴 뻔했다. 손잡이가 끊어지려는 찰나 한군이 순발력을 발휘해 재빨리 기타 케이스를 낚아챘고 다행히 기타는 무사했다. 어깨끈은 이미 한참 전에 끊어져서 손잡이 끈으로 버텼는데 이제 그마저 끊어진 것이다. 그렇지만 가방을 고치거나 사러 갈 시간도 없을 만큼 일과 육아에 치이던 우리는 한동안 케이스를 껴안고 공연을 다녔다.

그러니까 수선 기술은 우리의 삶을 풍족하게 만들어주는 유용한 기술이었다. 치앙마이에서 수선 기법을 터득한 한군은 한국으로 돌아와 밤낮 가리지 않고 바느질을 해대더니, 바느질이 손에 익자 엄숙한 표정으로 고이 모셔둔 끊어진 가죽 손잡이와 기타 케이스를 꺼내왔다.

가죽이라는 높은 장벽 앞에서 그는 잠깐 주춤했지만 이내 바늘을 들고 수선을 시작했다. 골무를 껴도 손끝이 아리다며 미간을 찡그리면서도 밀어붙였다. 멋은 포기하고 튼튼함 하나만 노렸다. 감은 곳을 감고 또 감은 끝에 그럴싸해 보이지는 않지만 튼튼해 보이는, 손잡이가 온전히 붙어 있는 기타 케이스를 다시 볼 수 있었다.

공연 가는 길, 한군이 뿌듯한 표정으로 손잡이를 쥐었다. 실이 감긴 만큼 애정이 담겼고, 우리의 지난한 역사가 감긴 기타 케이스가 어쩐 일인지 평소보다 가볍게 느껴졌다고.

난이도	❤❤❤❤🤍
수선 기법	감침질, 홈질, 실 감기
수선 도구	골무, 긴 바늘, 나일론실, 굵은 털실

먼저 노란색 실로 가죽 손잡이의 찢어진 부분을 보강했다. 무게를 잘 버티
는 것이 중요하므로 가지런히 예쁘게 작업하기보다는 마구마구 감침질을
하는 데 집중했다. 보강을 마친 후 손잡이를 케이스 고리에 연결했다.
홈질로 고정하고 감침질로 감아주었는데, 바늘로 가죽 두 겹을 뚫는 일이
무척 어려웠다. 이때 골무를 끼면 도움이 된다. 중간중간 작업을 멈추고
손잡이를 쥐고 기타 케이스를 들어보았다. 이 정도면 되었다 싶을 때쯤 수
선한 부위를 굵은 털실로 짱짱하게 감아주었다.

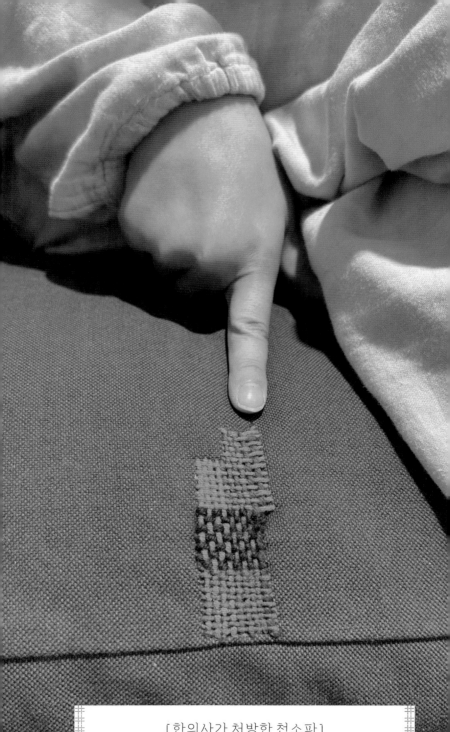

[한의사가 처방한 천소파]

"집에 텔레비전 없다고 했지? 중고로 텔레비전부터 사. 소파도 없다고? 그럼 두 개 다 사. 그리고 소파에 누워서 카라멜콘땅콩 먹으면서 텔레비전 보는 거야. 그게 다야."

한의원에서 텔레비전과 소파를 처방받았다. 셋째를 낳고 몸이 상할 대로 상했는지 회복이 더뎠다. 어딘가에 기대지 않고서는 제대로 서 있기도 힘들었다. 수소문한 끝에 용하다는 한의원을 찾아갔는데, 침을 놓고 약을 처방해주는 대신 텔레비전과 소파를 사란다. 말인즉슨 나의 예민함과 생산적이어야만 한다는 강박, 아무것도 안 하는 시간을 못 견디고 발버둥치는 인생에서 벗어나려면, 파트너와 좋은 관계를 유지하려면, 아이들을 잘 돌보려면 몸도 정신도 늘어져 있는 시간이 필요하다는 뜻이었다.
우리가 원체 텔레비전을 잘 보지 않지만, 아이들이 미디어를 접하는 시기를 최대한 늦추고 싶어서 그동안 집에 텔레비전을 들이지 않았다. 딱히 필요를 못 느껴 소파 살 생각도 해본 적이 없다. 건강의 대척점으로 여겨지는 물건이 아픈 걸 낫게 할 수 있다니.
그리하여 텔레비전을 샀다. 텔레비전은 뭐니 뭐니 해도 누워서 봐야 제맛이므로 소파도 샀다. 나도 한군도 아이들도 만져보고 앉아보고 누워보고 이것저것 재고 따진 끝에 고른 녹색 천소파가 거실에 안착했다.
매일 저녁이면 소파에 모여 앉아 텔레비전을 봤다. 아늑했다. 물론 처방약을 집에 들였다고 해서 하루 아침에 극적인 변화가 일어나지는 않았다. 처음에는 가만히 앉아 텔레비전 보는 시간을 견디지 못해 번번이 자리를 박차고 일어났지만, 소파의 아늑함······ 나는 그 아늑함에 길들여졌다. 소파에 몸을 뉘고 푸근한 시간을 보냈다. 휴식의 감각을 몸에 익혔다. 소파에 누워 텔레비전 보는 시간이 점점 늘었다. 그럴수록 한군이 나 대신 바빠졌지만 우리 집엔 평화가 깃들었다. 선생님의 처방이 무슨 의미였는지 그제야 체득했다.

소파는 쉴 틈이 없었다. 식구뿐 아니라, 우리 집을 드나드는 사람들, 갖가지 짐들, 때론 아이들의 침대가 되었고 놀이터가 되었다. 개껌 씹기를 세상에서 제일 좋아하는 강아지도 소파에서 내려올 생각을 하지 않았다. 아름다운 녹색 천소파는 나를 대신해 이 모든 것을 받아냈고, 반년이 채 지나지 않아 얼룩이 생겼고, 모서리가 해졌고, 꼬질꼬질해졌다. 빨아도 지워지지 않았다. 그리고 어느 날 소파의 귀퉁이가 뜯어진 걸 발견했을 때는 그저 담담했다.

"한군! 수선, 가능하겠어?"

난이도	♥♥♥♥♥
수선 기법	직조자수
수선 도구	굵은 바늘,
	굵은 털실

지금까지 이런 거대한 작업물은 없었다. 하지만 당황할 필요는 없다.
소파 커버를 벗기면 작업하기가 훨씬 수월하다. 만능 기법인 직조자수를 활용해 얼룩진 부분을 덮고 구멍을 메웠다. 티 나지 않게 수선하려고 애쓰지 않고 눈에 잘 띄는 경쾌한 색실로 작업했다.
소파 수선 작업은 이제 첫발을 내디뎠다. 시간이 흘러 구석구석 터지고 찢어지고 구멍이 날 그날이 기대된다.

[장모님의 검은 가방] (voice. 한군)

장모님은 수수한 멋쟁이시다. 화려하지는 않지만 어딘가 멋스럽고 자신만의 스타일이 확실하신 분. 옷의 재질이나 색을 균형감 있게 맞추고 가방으로 포인트를 주는 센스에 늘 탄복한다. 나는 장모님의 패션을 퍽 좋아한다. 장모님은 부지런히 살림을 꾸리신다. 항상 주방에서 무언가를 다듬거나 만들고 계시고, 냉장고엔 먹을 것이 가득하다. 하루를 마감한 부엌은 어찌나 깨끗한지. 20년도 더 된 주방이라고는 믿기지 않을 만큼 단정하고 청결하다. 옷방의 옷들도 언제나 질서정연하게 정돈되어 있다. 마찬가지로 20년도 더 된 옷들이라는데 한 벌 한 벌 얼마나 소중하게 다루시는지 닳거나 해진 옷이 없다.

고등학교 때부터 기숙사 생활을 하고 졸업하자마자 서울로 올라온 터라(게다가 스물하나에 결혼을 했으니) 전주에 계시는 부모님보다 서울에 계시는 장인, 장모님과 자연스럽게 더 가까워졌다. 자주 만나 밥을 먹고 육아 도움도 많이 받고 사니 어느 순간부터는 마음을 의지하는 존재가 되었다.

장모님은 바느질 작업의 든든한 조력자이기도 하다. 바느질 워크숍에 필요한 재료 준비나 밑 작업을, 이를테면 바이어스테이프 작업이나 실을 자르고 엮는 일을 맡아주신다. 사실 장모님은 바느질 고수인데, 그 실력이 집 안 곳곳에서 빛난다. 선물해드린 커튼이 이불보로 변신해 있거나, 이불 커버가 아이들 잠옷이 되어 있거나 하는 식으로 말이다. 몇 년 전 큰맘 먹고 장모님께 명품 가방을 할부로 사드린 적이 있는데, 가방이 들어 있던 천주머니가 베개 커버 두 장으로 변신해 있는 게 아닌가! 재단할 때 천주머니에 새겨진 브랜드 이름이 반으로 나뉘었는데, 우리는 배꼽이 빠져라 웃으며 베개 커버의 이름을 '루이'와 '비똥'으로 지어주었다.

무엇이든 척척 하실 줄 아는 장모님이 어느 날 사위인 나에게 자수를 청탁하셨다. 검은색 손가방이 심심해 보이니 자수를 몇 개 놓아달라고. 실력을 인정받은 것 같아 어깨가 으쓱해졌다. 너무 화려하지 않으면서 심심하지도 않은, 그러면서 돋보이는 자수를 놓아야겠다고 생각하니 검은색 가방이 장모님처럼 속이 깊고 깊은 심해처럼 보였다. 나는 바닷속에서 고요하게 알뜰살뜰 살아가는 미생물을 떠올리며 수를 놓았다. 장모님은 만족해하셨고 외출할 때마다 친구들에게 자랑을 하신단다. "우리 사위가 자수를 놓아줬지!"

자수 놓는 사위라니, 내가 조금 자랑스럽다.

난이도	❤❤♡♡♡
수선 기법	홈질, 밑실 깔기, 산호 스티치, 블랭킷 스티치, 페더 스티치, 그 외 자유롭게
수선 도구	바늘, 아크릴실

깊고 넓은 바다 위로 쏟아져 내려오는 태양 빛을 상상하며 손잡이부터 자수를 놓았다. 섬세한 원단으로 만들어진 가방이기에 가느다란 바늘과 부드러운 아크릴실을 사용했다.

즉흥적으로 손이 가는 자수 기법을 활용해 태양의 열기를 담뿍 받은 바닷속 미생물을 표현했다. 인터넷에 검색하면 나오는 화려한 자수 도안을 따라 수놓는 것도 좋지만, 그저 마음 가는 대로 손 가는 대로 바느질 그림을 그려보자. 나만의 이야기가 담긴 고유한 물건을 만들 수 있다.

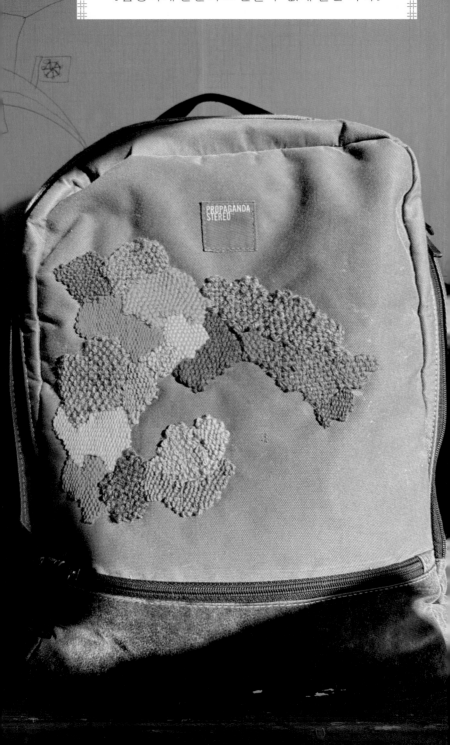

[엄청나게 튼튼하고 믿을 수 없게 질긴 백팩]

20대 초반 연극원에 다니며 '연극이 아니면 죽음을 달라'는 진지한 친구들 옆에서 기가 죽어 다른 길을 탐색하던 시기가 있었다. 우등생 오빠에게 지지 않으려고, 공부 잘하는 딸이고 싶어서 그다지 즐겁지도 않은 공부, 공부, 공부에 등 떠밀리듯 유년기를 보내고 방황 끝에 입학한 연극원에서는 뭔가 답을 찾을 줄 알았다. 그러나 인문학 공부는 도무지 따라가기가 어려웠고, 연기든 연출이든 무용이든 어떤 예술혼도 나에게는 없는 것 같았다. 그 위기의 시기 우연찮게 공공예술 프로젝트에 참여하면서 다양한 예술가 친구들을 만났다. 그들과 어울리며 처음으로 내가 무엇을 좋아하고 잘하는지를 알게 되었다. 공연 기획하고 독립잡지 만들고 온갖 재미난 작당 모의를 하는 것.

이 가방은 그때 만났다. 투박한 디자인에 이상하게 끌렸다. 책이며 잡지며 당시 관심 가는 것이라면 무엇이든 가방에 넣어 이고 지고 다녔다. 족히 7년 넘게 내 등 뒤를 지켜준 가방은 8년 전 한군의 등 뒤로 이사를 갔다. 그러니까 도합 15년. 두 사람의 뒤를 탄탄하게 받쳐준 가방은 여전히 건재하다. 얼마나 견고한지 주머니 하나 뜯어지지 않았고 지퍼의 이 하나 나간 적이 없다.

한군이 말했다. 15년 애정이 식기 전에 우리와 가방 사이에 새로운 국면이 필요해 보인다고.

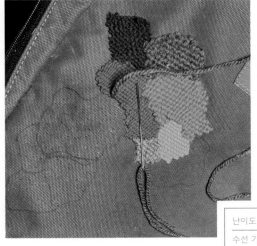

난이도	♥♥♥♡♡
수선 기법	직조자수
수선 도구	굵은 바늘, 아크릴실, 털실

제주 비자림의 묵직한 바위 같은 가방. 바느질 초보 시절, 도무지 닮을 줄
모르는 이 가방에 이런저런 바느질 기법을 연습해보았다. 콘셉트는 확실
했다. 바위에 낀 이끼. "이끼라니? 지도 같은데?"라는 의견이 대부분이지
만 누가 뭐래도 이것은 오래된 바위에 촘촘히 돋아난 이끼다.
패브릭 마커로 손이 가는 대로 스케치를 하고, 차근차근 밑실을 깔고 윗실
을 걸었다. 갖가지 초록 계열의 실을 준비한 뒤 그중에서도 여러 굵기의
실을 섞어서 바느질하면 밀도가 높아진다. 중간중간 실밥이 헐거워진 부
분들은 감침질과 박음질로 보강해주었다. 앞으로 10년은 더 메고 다닐 수
있겠구나!

우리가 사는 빌라의 1호 라인 네 가구는 모두 비슷한 또 래의 아이들을 키운다. 얼마 전 B01호에서 둘째가 생겼 다는 소식을 전해왔고, 101호에는 아이가 무려 넷이고, 201호에 하나, 그리고 우리 집 301호엔 셋이다. 아이들 만 열 명이니 한 명만 더 태어나면 축구팀을 만들 수 있다. 1호 라인 식구들은 날씨가 좋을 때면 옥상에서 종종 회동 을 가진다. 특별한 음식이 아니더라도 모여 먹으면 더 맛 있고 더 풍성해진다.

몽키는 101호 아이 넷의 아빠이자 주양육자이자 전업주 부다. 동네에서는 홍반장이자 맥가이버로 불린다. 그의 손을 거치지 않은 일이 없고, 그가 고치지 못하는 것이 없 다. 어느 집이든 도움이 필요하다면 주저 없이 달려가 손 을 보탠다. 골목에서 무거운 짐을 들고 가는 사람을 마주 치면 꼭 거들고, 누군가 길을 물어오면 친절하게 알려준 다. 날이 좋을 때면 동네 공원에 트램펄린을 설치해 아이 들의 놀이터를 만들어주고, 집 앞에 텐트와 돗자리를 펼 쳐 놓고는 누구든 쉬어갈 수 있도록 쉼터를 마련한다.

이 수많은 능력 가운데 몽키의 가장 탁월한 재주는 바로 고기를 다루는 일이다. 여섯 식구가 외식하는 일이 만만 찮으니 집에서 다양한 방식으로 고기 요리를 하게 되었단 다. 그가 사들인 장비들을 보면 '어라? 사 먹는 게 이득이 겠는데?' 하며 고개를 가로젓게 되지만, 그의 요리 솜씨를 지켜보고 맛보며 얻는 즐거움이 크니 의심은 고이 접어 둔다.

무려 여덟 시간을 저온으로 굽고 일일이 손으로 찢어 손 질한 뒤 직접 만든 특제 소스를 곁들인 풀드포크는 가히 놀라웠다. 몽키는 장장 열 시간이 걸린 요리를 피곤한 내 색 한 점 없이 이웃들과 나눴다. 심지어 가공식품의 대표 주자 소시지도 집에서 만들었다. 소시지 기계까지 들이더 니, 과연 전문가처럼 대단히 놀라운 맛의 소시지를 만들 어냈다.

그는 사실 맥가이버가 아니었다. 슈퍼맨이었다. 그것도 '울트라 언리미티드 파워 슈퍼맨'이었다. 아침을 차리고, 아이 셋을 등원시키고, 막내를 돌보며 점심을 차리고, 청소며 빨래며 정리며 갖은 집안일을 해내고, 마을 일을 하고, 장을 봐서 저녁을 준비하고, 하원한 아이들과 놀아주고, 저녁을 먹이고 치우고 다시 아이들을 재우고, 집안일을 마무리했다. 그의 일상을 알고 나면, 그의 밝은 웃음이 지상의 그것이 아님을 알게 된다. 그는, 성자였다.

어느 날 그 위대한 성자께서 한군에게 우산 하나를 건넸다.
"내 이것을 주웠네. 신께서 내게 보내신 듯해. 이 폭삭 주저앉은 우산을 자네가 일으켜보겠나?"
(실제로 들은 말: "한군, 버려진 우산을 주웠는데 살짝 찢어졌을 뿐 멀쩡해. 잘 펴지고 잘 접히고. 고쳐볼 수 있을까?")
속된 한군은 한눈에 우산 브랜드를 알아봤다. 꽤 비싼 브랜드였다.
"대홍수를 견딜 순 없겠지만, 아주 작은 방주처럼 빗속에서 몸을 피할 수 있도록은 고쳐놓겠사옵니다."

난이도	❤❤❤❤❤❤❤❤
	❤❤❤❤❤❤❤❤
	❤❤❤❤❤❤❤MAX!
수선 기법	직조자수
수선 도구	가느다란 바늘,
	가느다란 아크릴실

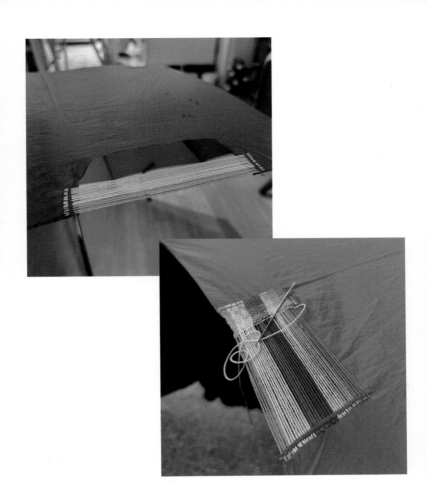

그동안의 수선 작업은 바느질 연습이었다고 해도 무방할 만큼 수선계의
마지막 최종 관문에 진입한 것만 같았다. 다닝머시룸도 자수틀도 사용할
수 없는 최고 난이도의 작업. 극도로 예민하고 야들야들한 우산의 원단이
찢어지지 않도록 섬세하게 힘을 조절하는 것이 관건이었다. 오로지 손의
감각만을 믿으며, 빗물을 머금지 않을 만한 실을 신중히 고르고, 가급적
바늘구멍이 작게 뚫리도록 애를 썼다.

먼저 밑실을 촘촘하게 깔아주었다. 이대로도 충분히 멋졌다. 마치 토성의
고리를 연상케 하는! 흥분을 가라앉히고 윗실을 걸어주었다. 멋진 원단을
직조한다는 마음으로. 신중하게 한 줄 한 줄 교차해 평직 작업을 이어갔
다. 이때 우산 원단이 울지 않도록 장력을 유지하는 것이 중요하다.

수선을 마치고 뿌듯한 마음으로 우산을 활짝 펼쳤다. 수선계의 최종 관문
을 무사히 통과했으니 비로소 손바느질 전사로 거듭났도다.

누군가 걱정스럽게 물었다. "수선한 부분이 젖어서 비가 새면 어떡해?"
걱정 많은 친구에게 우리가 해줄 말은 한마디뿐. 치앙마이 정신!

[스승님의 재킷처럼]

바느질 스승이자 친구 액은 따뜻하고 다정한 사람이다.
누구에게나 친절하고, 자신이 아는 것을 아낌없이 나누
는 품이 넉넉한 사람. 돌이켜보면 홈질을 하듯 영어 단어
를 어설프게 꿰어가며 말을 건넨 것은 참으로 잘한 일이
었다.
오랜만에 만나도 어제 만난 듯 익숙하고 편한 액과 2019
년 우리의 세 번째 바느질 여행에서 다시 만났다. 그는
늘 손수 지은 옷을 입고 있는데, 못 본 새 그의 재킷에 갖

가지 자수들이 수놓아져 있었다. 그 자수가 한군의 눈길을 사로잡았다. 고양이, 소, 말, 강아지, 해, 달, 별, 나무……바느질로 한 세계를 담아낼 수 있다는 사실에 감탄을 했더랬다.

한군은 액에게 자수를 가르쳐달라고 청했고 액은 단번에 흔쾌히 응했다. 그동안은 내가 액에게 바느질을 배우고 한군이 아이들을 돌봤는데, 이제 바턴을 넘겨받을 차례였다. 두 남자가 마주 앉아 바느질하는 모습이라니, 이 보기 드문 광경이 참으로 아름다웠다.

언젠가 바느질을 하면서 액에게 넌지시 물은 적이 있다. 어떠한 연유로 바느질을 하게 되었느냐고. 액의 전공은 바느질이 아니고 엔지니어링이다. 대학 시절 연극에 빠져 진지하게 연극배우를 꿈꾸기도 했지만, 전공을 살려 기계 만드는 일을 택했단다. 그러나 전공보다 사람과 예술과 사회 문제에 관심이 많았던 액은 우연히 태국과 미얀마 국경 지대의 난민촌에서 아이들에게 태국어 가르치는 일을 하게 되었다. 미얀마에서는 수년 째 군사정권과 저항 세력 간 내전이 계속되고 있다. 태국 북부 지대와 미얀마가 국경을 접하고 있어서 태국 정부는 이웃 나라의 정치 상황에 기민하게 반응하지만, 정작 매일같이 목숨을 걸고 국경을 넘어온 사람들에 대한 지원과 보호에는 힘쓰지 않는 탓에 시민들이 나서서 연대 활동을 펼쳤고 액도 이에 동참한 것이다.

그즈음 메콩강 유역에 중국 기업이 댐을 짓는다는 소식이 전해졌다. 메콩강은 수많은 사람들의 생명줄이다. 태국인 뿐일까, 중국과 동남아 여러 지역에서 건너온 소수민족과 미얀마 난민들이 메콩강 유역을 거점으로 근근이 살아가고 있었다. 액은 비영리 환경단체에 들어가 활동을 했다. 정부와 거대 기업에 맞서는 일은 쉽지 않았고, 점점 지쳐 갔다. 그러면서도 미미한 개인이 할 수 있는 일이 무엇일

까 끊임없이 고민했다. 그러다 메콩강 유역에 사는 소수
민족 란텐족을 만났고, 그들의 의복과 바느질 기법에 완
전히 매료되었다. 그들의 전통을 이어나가는 것이 그들을
지킬 수 있는 한 방법이 될 수 있겠다고 생각했고, 그때부
터 그의 바느질 인생이 시작되었다. 자기가 할 수 있는 방
식으로 국경 지대에서 살아가는 사람들과 연대하고 싶었
단다. 그렇다고 지금 자신이 바느질로 대단한 활동을 하
는 건 아니라고, 그저 바느질하는 한 사람일 뿐이라고 액
은 멋쩍게 웃으며 말했다. 언제 기회가 되면 함께 국경 지
대에 사는 사람들을 만나러 가자는 액의 제안에 나는 꼭
그런 날이 왔으면 좋겠다고 답했다.

액에게 자수를 배운 뒤로 한군은 바느질에 푹 빠져버렸
다. 어디를 가든 바느질거리를 챙겨 다녔고, 집에서는 스
승님처럼 어린 막내를 등에 업고 바느질을 했다. 하루는
내가 치앙마이식 바느질로 만들어준 재킷을 스승님의 재
킷처럼 만들겠다며 자수를 놓기 시작했다. 특정한 형태를
그리지 않고 직선으로 곡선으로 자유롭게 뻗어나가는 스
티치로 한군은 자신만의 세계를 표현했다. 그 재킷을 입
고 외출하면 지나는 이들마다 눈을 떼지 못했다.
"이런 자수는 처음 봐요! 아름답네요." "직접 바느질을 했
다고요? 대체 뭐 하는 분이세요?" 한군의 바느질에 사람
들이 말을 걸기 시작했다.

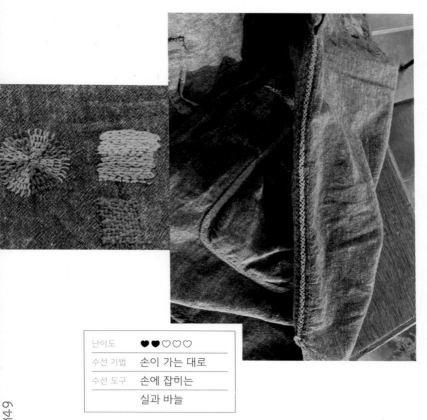

난이도	♥♥♡♡♡
수선 기법	손이 가는 대로
수선 도구	손에 잡히는 실과 바늘

바느질 초보 시절부터 지금까지 배우고 익히고 갈고닦은 모든 바느질 기법이 이 재킷에 담겨 있다. 액에게 배운 직조자수, 바느질 서적과 인터넷을 참고하며 홀로 연마한 갖가지 기법을 연습한 흔적과 무념무상 즐겁게 꿴 바늘땀들이 가득하다. 요즘도 틈틈이 새로운 자수를 추가하고 있다. 더 이상 바느질할 공간이 보이지 않을 때까지, 스승님의 재킷처럼 만든 이 재킷에 내가 터득한 모든 바느질 기법과 나의 바느질 세계를 총망라할 예정이다.

[수선하는 마음]

"3만 원짜리 아이 재킷의 지퍼가 고장 나 수선을 맡겼는데 12000원을 달라는 거예요. 아이가 자라면 앞으로 몇 번 못 입힐 텐데 이 가격을 주고 수선하는 게 맞나, 고민되더라고요."

수선 워크숍에서 가장 자주 듣는 고민이다. 최신 유행하는 옷을 저렴한 가격에 쉬이 살 수 있는 시대, 수선비가 옷값을 웃도는 경우가 왕왕 있다. 수선하는 데 드는 비용과 시간을 생각하면 차라리 새 옷을 사는 편이 낫겠다는 생각이 절로 든다. 고쳐 입고 고쳐 쓰는 일상이 점점 사라지는 것이 속상하다. 어떤 사람은 내가 구멍 난 양말을 꿰매 신은 걸 보고 "아이고, 그렇게까지 아껴서⋯⋯" 하며 말끝을 흐렸다.

그렇게까지 아껴서 무얼 하려고? 나는 수선이 무언가를 '위하는 마음'이라 생각한다. 아이들을 위하는 마음, 인간과 함께 살아가는 존재를 위하는 마음, 지구를 위하는 마음이 다른 마음들에 앞선다. 한 치 앞뿐 아니라 조금 더 먼 앞을 내다보는 마음이다.

수선하는 시간을 낭비라고 여기며 한심해하는 이들도 있다. 그 시간에 더 생산적인 일을 할 수 있지 않겠냐는 것이다. 무엇이 더 생산적이란 말인가? 기후위기를 앞당기는 일? 신속하게 새 물건을 구입하는 일? 그러기 위해 더 많은 돈을 벌려고 애쓰는 일? 진짜 낭비가 무엇인지 골똘히 생각하지 못하는 이유가 바로 매 순간 낭비에 골몰하고 있기 때문 아닐까. 무언가를 소중하게 여기고 아끼는 마음은 비효율적이지 않다. 알뜰함은 귀한 가치이고 바느질은 정성이 깃든 노동임을 수선을 하며 깨달았다.

프랑스에서는 2023년 가을부터 옷을 수선하는 사람들에게 지원금을 지급해준다는 기사를 읽었다. 의류 폐기물과 패스트패션 소비를 줄이고 수선 산업을 활성화하는 정책이자, 수리권을 보장하는 정책이란다. 수리권? 노동권, 인권, 동물권도 아니고 수리권이라니? 눈이 휘둥그레졌다. 입던 옷이 해졌을 때, 잘 쓰던 전자제품이 고장 났을 때 사용자가 직접 수리하거나 수리 방식을 고를 수 있도록 하는 것을 말한다. 물론 기업이 애초에 물건을 튼튼하게 만들고, 신제품을 사도록 유도하기보다 손쉽게 수리할 수 있는 방안을 제공해야 한다. 무언가를 소중히 알뜰살뜰 여기는 마음을 권리로 보장하는 것이다.

우리의 사부작사부작 바느질 수선도 낭비가 아닌 당연한 권리이자, 익숙한 문화로 자리 잡을 수 있을까? 바느질을 배우는 데 귀한 돈을 지불하고, 그 기술을 감사하게 여기는 사람들을 만나다 보면, 자꾸만 새 물건을 사려는 마음도, 수선을 시간 낭비라 여기는 마음도, 충동적으로 사고 버리는 마음도 다 바느질로 꿰맬 수 있을 것만 같다. 그들과 바느질하는 시간 속에서 오히려 내가 배우고 얻는 것이 많다. 무언가를, 누군가를 위하는 마음은 깊고 풍요로운 의식에서 태어난다. 수선하는 삶은 단순히 바느질하는 행위를 넘어 삶을 대하는 태도이다.

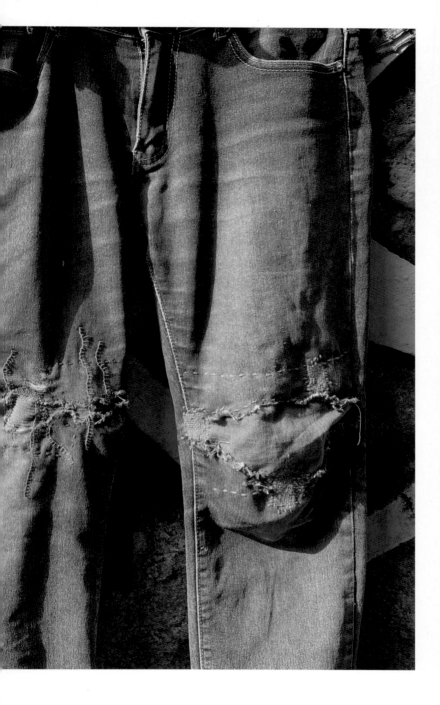

[죽음의 바느질 클럽]

"정말 바느질이 죽을 만큼, 그 정도로 힘들어요?"
종종 사람들이 묻는다. 이름이 무서워서 신청을 포기했다며.

첫 바느질 워크숍은 2018년 가을에 열었다. 아직 이름도 없던 시절, 우리의 바느질 작업을 본 한 공예가 선생님이 워크숍 자리를 마련해주면서 시작되었다. 액의 말마따나 누군가에게 바느질을 알려주는 일은 어려웠다. 아무리 간단한 방법으로 옷을 짓는다 해도 그랬다. 헤매는 사람들 속에서 평정심을 유지했다. 나도 바느질이 손에 익을 때까지 헤매고 헤맸으니까. 모든 사람의 속도가 같지 않고, 손의 감각 역시 천차만별이니까.

그럼에도 끝날 시간이 가까워지는데 작업물이 완성될 기미가 보이지 않으면 진행자인 나만 초조해졌다. 바느질에 몰입해 있는 사람들에게 그만 멈추자고 말하고 싶지 않았다. 겨우 입을 때면 "조금만 더 하면 완성할 수 있어요. 조금만 더, 조금만 더……." "이쪽은 끝났는데 저쪽은 아직이네요. 우리가 의리가 있지, 저분 끝날 때까지 수다 떨며 기다릴까요?" 이렇게 끝날 시간이 조금씩 밀려나고 밀려날 뿐이었다.

이리하여 옷이든 가방이든 모두가 완성할 때까지 워크숍을 끝내지 않기로 했다. 가방 만들기는 보통 여덟 시간, 옷 만들기는 여섯 시간씩 이틀이 걸린다. 오전 11시에 시작한 바느질이 밤 10시가 넘도록 이어지기 일쑤였다. 참여자들도 나도 워크숍이 끝나면 녹초가 되었다.

언젠가 진행한 가방 만들기 워크숍에서는 모두가 지나치게 몰두한 나머지 물 한 모금 마시지 않고, 허리 한 번 펴지 않고 일곱 시간 내리 바느질을 했다. 제일 먼저 가방을 완성한 분이 무릎을 부여잡고 힘겹게 몸을 일으키며 외쳤다. "이거 완전 죽음의 바느질 클럽이잖아!" 어찌나 찰떡같은 이름인지, 나는 그분께 워크숍 이름으로 사용해도 되겠느냐고 물었다. 그렇게 '죽음의 바느질 클럽'이 탄생했다.

내가 완성에 집착한 이유는 도중에 접으면 아무도 집에 가서 이어 작업을 하지 않으리라는 것을 알았기 때문이다. 누구도 혼자서는 가방을 완성하려고 다시 서너 시간을 할애하지 않을 것이라고 확신했다. 그러나 워크숍을 여러 차례 진행하면서 완성도 중요하지만 이런 식으로 진행하다가는 '죽을 만큼 힘든 바느질 클럽'이 될 것만 같았다. 사람들이 집에 돌아가서도 바느질을 하게 만들려면, 바느질을 일상의 기술로 만들려면 돌파구가 필요했다. 고민 많던 어느 날 새벽, 비법서를 만들기로 결심했다. 즉각 행동으로 옮겨 천 재단부터 시작해 모든 작업 과정을 하나하나 사진으로 기록했다. 나는 바느질을 하고 한군이 사진을 찍었다. 사진을 순서대로 정리한 다음 최대한 자세하게 설명을 달았다. 유머 한 숟갈 곁들이는 것도 잊지 않았다. 그동안의 워크숍 덕분에 바느질을 더 쉽고 간단하게 알려주는 법을 터득한 참이었다. 이제는 참여자들이 작업을 끝낼 때까지 지켜봐주지 않는다. 워크숍하는 동안 모든 기술을 전수하려고 끙끙거리지 않는다. 모였을 땐 즐겁고 가벼운 마음으로 바느질을 하고, 집에 가서 비법서를 보며 완성하면 되었다. 이름은 여전히 '죽음의 바느질 클럽'이지만 죽을 만큼 바느질을 하지 않아도 괜찮은 워크숍이 된 것이다. 우리가 나누고자 하는 마음은 조급함이 아니니까. 목표는 '완성'이 아니었다. 함께 모여 소소한 이야기를 나누고, 맛있는 음식을 나눠 먹으며, 쉬엄쉬엄 재미난 일을 하는 기분을 느끼게 하고 싶었다.

입소문이 나면서 사람들이 몰리기 시작했다. 워크숍 공지를 올리면 금세 마감되었다. 그러다 코로나19 위기가 들이닥쳤다. 공연 섭외가 뚝 끊긴 것은 물론, 잡혀 있던 모든 공연 일정이 취소되었다. 이때 우리를 먹여 살려준 것이 다름 아닌 바느질이었다. 예전처럼 워크숍을 열 수는 없

었지만, 온라인 강의 플랫폼에서 수업 제안이 들어온 덕분에 직접 만나지 않고도 바느질을 알릴 기회가 생겼고, 바느질로 생활을 영위할 수 있었다.

액에게 배운 바느질이 큰 행운을 불러왔다. 액에게 바느질을 배운 내가 옷을 짓고, 액에게 자수 바느질을 배운 한군이 수선 작업에 돌입하고, 힘든 시기를 바느질로 버텨냈다. 코로나19가 물러가고 3년 만에 방문한 치앙마이에서 새로운 옷 짓기 방법을 배워 온 뒤로 우리의 워크숍은 더욱 풍성해졌다.

바느질 기법과 옷을 짓고 수선하는 법은 만국이 다 비슷한데 구분할 필요가 있느냐고 묻는 사람도 있겠지만, 우리가 처음 바느질을 배우고 익힌 곳이 치앙마이이고, 그중에는 카렌족이 오랜 세월 전수해온 기법도 있으니 우리의 바느질을 '치앙마이식 바느질'이라 명명했다. 한국에서는 다소 생소한 '치앙마이식 바느질'에 관심을 갖는 사람들이 시간이 지날수록 늘어갔다.

우리는 바느질로 다양한 사람들과 연결되었다. 환경을 생각하며 낡은 옷을 고쳐 입으려는 이들, 손으로 무언가를 만들 일이 좀처럼 없는 현실을 타개하고자 손기술을 익히려는 이들, 자급자족하는 삶을 추구하며 스스로 옷을 지어 입고자 하는 이들, 그저 단순하게 내 손으로 지은 옷을 입고 싶은 이들 등등. 이 좋은 삶의 기술을 알리고 나누는 기회를 마다할 이유가 없었다. 평생학습관, 청년지원센터, 비영리단체, 환경 모임이나 단체, 제로웨이스트 가게, 생활문화센터, 백화점 문화센터, 지역 모임 등 우리를 불러주는 곳이라면 어디든 갔다. 마포구 성산동 밖으로, 제주로, 광주로, 대구로, 원주로, 부산으로. 바느질을 배우려고 멀리서 오는 분도 있었다. 경기도에서, 강원도에서, 심지어 뉴욕에서도. 그렇게 2018년부터 지금까지, 우리는 바느질로 약 2000여 명을 만났다.

죽음의 바느질 클럽에서는 통성명을 하지 않는다. 바느질하는 데 이름, 나이, 직업 같은 정보는 중요하지 않다. 고요하고 평화로운 분위기 속에서 바느질을 하며 간간이 나누는 대화면 충분하다. "이 부분은 바느질하기가 좀 어렵네요." "그 자수 모양 예뻐요." "천과 실이 잘 어울리네요." "천천히 하세요." "멋진데요?" "처음인데 그 정도면 아주 잘한 거예요." 소박한 대화와 응원의 말이 잔잔하게 오간다. 처음 만난 사이이지만 바느질을 하며 친구가 된다. 또 만나 함께 바느질하고 싶은 사람들이 된다. 이런 풍경을 볼 때마다 뿌듯함으로 벅차오른다.

죽바클에 안 와본 사람은 있어도 한 번만 온 사람은 없다. 이게 뭐라고, 왜 이토록 매달리게 하냐고, 왜 이렇게 재미있냐고 화를 내기도 한다. 집에서 충분히 혼자 할 수 있는 실력을 터득했으면서도 굳이굳이 함께 하려고 한다.

언젠가 처음 참여한 누군가가 왜 '죽음의 바느질 클럽'이란 이름을 붙였느냐고 묻자, 옹기종기 모여 앉아 조용히 바느질을 하던 이들 중 한 명이 나긋이 대답했다.

"다시 태어나라고요. 여태 살아온 삶에서 잠깐 벗어나 다른 세상을 맛보라고요. 한 번 맛보면 죽을 때까지 멈출 수

없을걸요?"

그렇다. 여러분은 죽음의 바느질 클럽을 알게 된 이상 바느질을 멈출 수 없을 것이다. 이 재미있는 걸 어떻게 멈추나?

[치앙마이 정신]

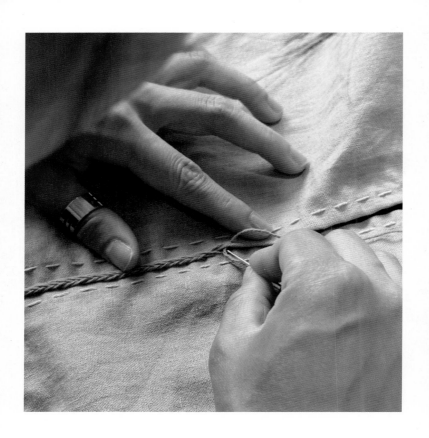

치앙마이식 바느질 기법 중 하나인 '스네이크본'(snake bone)은 실이 나아가는 흔적이 꼭 뱀의 뼈를 닮았다. 이 기법으로 바느질을 할 때 특히 주의해야 할 점은 힘을 빼야 한다는 것. 바늘을 쥔 손가락에 힘을 주고 실을 한껏 끌어당기면 순식간에 옷감이 울어버린다. 바늘을 지나치게 당기면 천이 우글쭈글해지는 것이야 거의 모든 바느질에 해당되는데, 스네이크본 기법은 촘촘한 듯 느슨하게, 헐거운 듯 도톰하게 한 땀 한 땀을 겹겹이 이어나가는 것이 특징이라 느슨한 손놀림이 매우 중요하다.

우리는 스네이크본 기법을 배우면서 힘 빼기의 기술을 터득했다. 무엇이든 최선을 다해서, 정신 바짝 차리고, 온몸에 긴장감을 불어넣은 채 살아왔는데, 힘 꽉 주고 살지 않아도 괜찮다는 걸 치앙마이 바느질을 통해 배웠다. 열심히 하는 것이, 지나치게 집중하는 것이, 오래 하는 것이 좋은 것만은 아니라는 사실도. 이러면 결과물은 빨리 만들어낼 수 있을지언정 금세 지쳤다. 눈이 빠질듯 아프고 팔이 저리고 손끝이 아려와 다시는 바느질이 하고 싶어지지 않았다. 모든 일이 즐겁기만 할 수는 없겠지만, 너무 힘들어지기 전에 멈춰야 다음을 도모할 수 있다.

바느질은 '멈춤'에 특화된 장르다. 노래 한 곡을 부르다 목이 아프다고 갑자기 멈출 순 없겠지만(물론 아프면 멈춰도 된다), 라면을 끓이다가 피곤하다고 가스불을 끌 순 없겠지만(정말 피곤하면 꼭 가스를 잠그고 자자) 바느질은 언제든 멈출 수 있다. 어젯밤 끓이다 만 라면을 다음 날 점심에 이어서 끓일 수는 없지만 바느질은 다시 이어갈 수 있으니까. 바느질을 한다, 힘을 빼고. 힘들면 멈춘다. 나중에 이어서 하면 되니까. 바로 이것이 우리가 8년째 질리지 않고 여전히 즐겁게 바느질을 하는 비법이다. 적당히 하고 멈추는 것. 더 하고 싶을 때 그만두는 것이 '다음'을 기대하게 만든다. 과정을 즐기게 된다. 우리는 이것을 '치앙마이 정신'이라고 부른다.

우리의 바느질 스승 액은 치앙마이 정신 그 자체다. 서두르는 법이 없고, 심각할 일도 별로 없다. 바느질 땀이 엇나가면 다시 한다. 힘들면 쉰다. 너무 쉬었다 싶으면 움직이면 그만이다. 그래도 아무 일도 일어나지 않는다. 멈췄다고 해서 실패한 삶은 아니었다.

사실 이렇게 말하는 나도 마음을 다잡는 것이 좀처럼 쉽지 않다. 그럴 때는 일부러 더 소란스럽게 군다. 가위질을 비뚤게 해도 "치앙마이 정신!" 바느질 땀이 일정하지 않아도 "치앙마이 정신!" 완성한 옷의 좌우대칭이 맞지 않아도 "치앙마이 정신!"을 외치다 보면 모든 것이 괜찮게 느껴진다. 마음이 다급해지려 할 때, 인생이 맘대로 되지 않을 때, 자꾸만 완벽을 기하고 싶어질 때 외쳐보자.

"치앙마이 정신!"

© 이지상

171

믿거나 말거나

치앙마이 정신 테스트

	그렇다	아니다
1	나는 일이 잘못될 기미가 보여도 그만두지 않는다.		
2	나는 나와 내가 사랑하는 이가 잘못될 기미가 보이면 일을 멈춘다.		
3	나는 구멍 난 것이 좋다. 예컨대 벌레 먹은 상추나 피어싱, 바늘귀.		
4	나는 "아니 근데"보다 "그럴 수 있지"로 말을 시작한다.		
5	나는 손글씨, 손때, 손맛이 시간을 느낄 수 있다.		
6	나는 말과 물건, 마음을 주거나 받거나 하는 삶을 추구한다.		
7	나는 여행지에서 단골집을 만든다.		
8	나는 모든 영상을 1배속으로 주행한다. 1,2배속은 너무 빠르다.		
9	나는 내 옆에 앉은 모르는 사람이 뭐 하는지 좀 궁금하다.		
10	나는 좋아서 몰입하는 것과 완장하는 것을 구별한다.		
11	나는 다른 사람과 무언가를 같이 한 후 피로보다 전안한 감동을 느낀다.		
12	나는 '아끼다'라는 말을 들으면 절약보다 애정이 먼저 떠오른다.		
13	나는 '적당히'가 중간이 아니라 중용이라고 생각한다.		
14	나는 동네에서 마주치는 아이들에게 눈(또는 손)인사하기를 즐긴다.		

15 나는 떠나는 버스를 기여코 잡는다.

16 나는 물건의 용도를 늘리는 데 능숙하다. 요컨대, 일회용은 없다.

17 나는 멍 때리는 시간이 아깝다.

18 나는 느림의 미학이 무슨 말인지 모르겠다.

19 나는 틈틈이 마켓에서 물건보다 창작자가 먼저 눈에 들어온다.

20 나는 지난 2년간 옷을 새로 사지 않았다.

21 나는 훌훌 훌겹 옷이 좋다.

22 나는 '나를 사랑한다'는 것이 먼지 잘 아는 것 같다.

23 나는 치앙마이에 바다가 없다는 것을 몰랐다.

24 나는 원데이 클래스 중독, 아니 취미 부자다.

25 나는 우거진 숲을 사랑하면 벌레와도 가까워져야 함을 잘 안다.

'그렇다'가 몇 개든, '아니다'가 몇 개든 괜찮다. 치앙마이 정신이란 무릇 이래도 저래도 괜찮다는 마음가짐이니까.

엮어가는 삶
: 치앙마이에서

+ +

178

쪽빛 손을 가진 란텐족 사람들

액이 우리에게 라오스에 가자고, 라오스 국경 지대에 사
는 란텐족을 만나러 가자고 했다. 함께 자신의 바느질 스
승님을 만나자고. 치앙마이에서 차로 다섯 시간 거리인
태국 최북단 지역 치앙콩에 가면 걸어서 국경을 넘어 라
오스로 갈 수 있단다. 한 발자국으로 나라를 넘나들 수 있
는 것이다.

우리는 사흘간의 일정을 잡았다. 첫날에 차를 타고 치앙
콩까지 이동하고, 둘째 날 국경을 넘어 란텐족 마을에 도
착해 일정을 소화하고, 셋째 날 다시 치앙마이로 돌아오
는 계획이었다. 며칠 후 액이 약속대로 은빛 밴을 빌려왔
다. 라오스 여행 대신 태국에서 사귄 친구 집에서 놀기를
택한 이음이를 제외한 우리 집 네 식구와 죽바클 친구 한
명, 가이드 액의 가족 넷에 여행 짐까지 싣자 커다란 차

가 금세 가득 찼다. 아이들은 또 새로운 나라로 떠난다니 여행 속 여행이라며 마냥 들떴다. 나는 기대되는 한편 속으로 걱정과 조바심이 일었다. 국경을 걸어서 넘을 수 있나? 태국과 라오스 간에 여러 정치적 문제가 있다던데 우리 이동이 문제를 일으키면 어쩌지? 차창 밖으로 스치는 뿌연 먼지 바람만큼 내 호기심과 상상도 희뿌옇게 이어졌다.

은빛 밴은 거의 쉬지 않고 달려 해가 질 무렵에야 치앙콩에 도착했다. 그사이 아이들은 출발할 때의 기백은 온데간데없이 이미 여행을 마친 듯 파김치가 되어버렸다. 그도 그럴 것이 다섯 시간을 달려오는 내내 아스팔트를 달린 구간보다 흙바닥을 달린 구간이 더 길었던 바람에 울렁거리는 속을 다스리느라 고생했기 때문이다.

숙소는 메콩강변에 있었다. 메콩강이라니, 티베트 고원에서 시작해 미얀마를 지나 태국과 라오스를 가른 뒤 캄보디아를 거쳐 베트남으로 흘러드는 엄청나게 길고 거대한 강이, 사진으로만 숱하게 본 메콩강이 눈앞에 흐르고 있다니! 여섯 개 나라를 관통하는 강물은 그 위용을 뽐내기보다는 깊은 역사를 품고 고요하게 흘렀다. 간간이 기다란 나무배들이 지나갔는데, 어떤 배에는 라오스 국기가, 어떤 배에는 태국 국기가 나부꼈다. 그제야 국경 지대에 왔다는 실감이 났다. 강 하나만 건너면 다른 나라라니, 입국심사대 하나만 통과하면 다른 나라로 넘어가다니, 낯설고 불안했지만 잔잔한 강의 결을 따라 산책을 하자니 점차 내 마음도 차분해졌다. 메콩강은 멀리서 보던 것과는 다르게 제법 맑았다. 탁한 갈색처럼 보였던 건 진흙 때

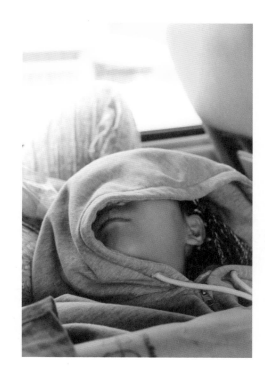

문이었다. 가까이에서 들여다봐야만 알 수 있는 것들이
있다.

다음 날 아침, 서둘러 출입국 관리소로 향했다. 태국인과
라오스인은 신분증만 있으면 쉽게 국경을 넘나들 수 있
다. 반면 외국인은 반드시 여권이 필요하고, 출입국 서류
를 태국에서 한 번, 라오스에서 한 번 작성해야 한다. 여전
히 긴장한 내 손이 네 식구의 서류를 작성하느라 바쁘게
움직이는 동안 아이들은 진작 출입국 관리소를 통과한 액
의 가족을 신기한 듯 바라보았다.
드디어, 라오스 땅을 밟았다. 안도의 한숨이 절로 나왔다.
관리소 앞에서 여행자들을 호객하는 여러 밴 중에 하나를
골라 탔다. 10분쯤 달렸을까, 액이 도로 위에 난데없이 나
타난 식당 앞에 차를 세웠다. 식당이라기보다 노점에 가
까웠고 흙먼지를 뒤집어쓴 채 밥을 먹어야 하는 것이 찜
찜했지만, 유일한 식당이라 가릴 처지가 아니었다. 액의
"치킨 누들 수프, 오케이?" 질문에 아이들은 "오, 다 우리가
아는 단어야. 예스!" 하고 환호성을 질렀는데, 정작 눈앞
에 놓인 국수는 정체불명의 기름 덩어리와 닭내장이 둥둥

떠다니는 닭내장 국수였다. 짙은 육향과 그것을 무마하려
는 듯한 더 짙은 향신료의 향연에 아이들은 실망한 표정
으로 건더기를 전부 건져 한군과 액의 그릇에 옮겨 담고
는 몇 젓가락 먹다 말았다. 어느 정도 예상했던 나는 채소
국수를 시켰지만 고수가 잔뜩 올라간 국수가 나오는 바람
에 몇 젓가락 뜨다 말았다(치앙마이를 그렇게 오갔지만
나는 고수를 먹지 못한다). 액의 가족과 한군만 배불리
먹고 나와 아이들은 아이스크림으로 허기만 달랜 채 밴에
올라탔다. 또다시 10분쯤 달렸을까. 황량하기 이를 데 없
는 길가에 웬 마을이 불쑥 나타났다. 입구에는 '수공예 마
을'(Handcraft Village)이라고 적힌 나무 간판이 세워져
있었다. 여기가 마을인가, 버려진 집들인가 의아해하고
있는데, 액이 자연스럽게 우리를 이끌었다. 막상 마을 안
으로 들어서자 고즈넉하고 평화로운 풍경이 펼쳐졌다. 애
니메이션 「센과 치히로의 행방불명」에서처럼 다른 세계
로 통하는 터널을 지나온 것 같았다.

저기 앞에 보이는 평상 위에 검은색 전통 의상을 입은 란
텐족 여성들이 삼삼오오 모여 바느질을 하고 있었다. 아

니다, 사방을 둘러보니 마을 사람 모두가 바느질을 하고
있었다. 따사로운 햇살 아래서 도란도란 이야기 나누며
바느질하는 모습이라니. 액과 우리를 보자, 낯선 이들의
얼굴에 환하디환한 웃음이 피어올랐다. 바느질하는 손길
을 멈추지 않으면서도 밝은 목소리로 우리를 환대해주었
다. 덕분에 막 도착한 이방인들은 어색하게 주뼛거리지
않고 마을 안으로 스며들었다.

얼마 후 40대 중반으로 보이는 란텐족 여성이 따뜻한 미
소를 머금고 우리에게 다가왔다. 그의 이름은 원께우. 액
이 메콩강 유역의 댐 건설을 막고자 비영리 환경단체에서
활동하던 시절에 만난 바느질 스승이다. 란텐족은 라오스
에 살지만 대부분 태국어에도 능해서 액과 원께우는 태국
어로 대화를 나눴다. 실제로 라오스어와 태국어는 제법
비슷해 조금만 공부하면 수월하게 서로의 언어를 익힐 수

있다고 한다. 원께우는 우리에게 다양한 원단과 자수를
놓은 컵 받침, 손바느질로 만든 열쇠고리 등 여러 소품을
보여주며 제작 과정을 설명해주었다.

란텐족은 목화와 천연염색 재료인 인디고를 직접 재배
한다. 우리에게 '쪽빛'이나 '짙은 파랑'으로 알려진 '인디
고'(Indigo)는 색 이름이자, 염료 이름이자, 식물의 이름
이다. 인디고페라 틴토리아(Indigofera tinctoria)라는
식물(우리말로는 '쪽')에서 추출한 염료가 인디고인 것
이다. 직접 키운 목화에서 실을 잣고, 그 실을 인디고로 물
들이고, 염색한 실을 직조해 원단을 만든다니, 원단의 자
투리 아니 실오라기 하나 허투루 쓰거나 버릴 수 없을 것
같았다.
설명을 듣고 나니 그들이 입은 옷이 다시 보였다. 처음에
는 분명 검은색으로 보였는데, 자세히 보니 짙은 인디고
였다. 한 식물에서 추출한 염료로 물을 들였다는데 원단
마다 색이 모두 달랐다. 같은 색이 하나도 없었다. 천천히
손끝으로 만져보면 질감도 제각각이었다.
바느질 워크숍을 하려면 원단이 필요하다. 이 기회를 놓
칠 수 없었다. 신중에 신중을 기해 여섯 필을 골랐다. 그
런데 계산서를 받아보니 이상했다. 한 필의 폭이 50센티
미터, 길이가 7미터라는 것도 놀라운데 고작 1000바트
(원화 38000원 남짓)라는 것이 아닌가! 만들어진 과
정과 정성을 떠올리면 말도 안 되게 낮은 금액이었다.
그때 원께우의 친구가 놀러와 인사를 건네고는 응접실 구
석에 자리 잡고 앉아 바느질을 시작했다. 얼핏 본 그의 손

이 파랬다. 인디고 염료에 물이 든 것이다. 신비롭게 물든 파아란 손이 바지를 짓고 있었다. 곁눈으로 보니 분명 내가 아는 쌈솔 기법인데 어딘가 달랐다. 나는 무릎으로 걸어 바싹 다가갔다. 다르다는 건 알겠는데 뭐가 다른지 알아챌 수가 없었다. 너무 빨랐다. 보고 있어도 보이지 않았다.

그에게 손짓으로 말을 걸었다. 옷을 자세히 보고 싶다고, 어떻게 짓는지 알고 싶다고. 그가 고개를 끄덕이며 바투 다가앉았다. 가까이서 본 그의 파란 손가락과 파란 손톱은 거칠지만 아름다웠다. 그 황홀한 손놀림에서 눈을 떼고 나서야 알았다. 란텐족 여성들의 손과 손톱은 전부 파란색으로 물들어 있었다. 손끝의 어두운 남색은 손목으로 올라올수록 옅어졌다. 이곳에서 파랑은 노동의 색이자 시간의 색이고 정성의 색이자 살림의 색이었다.

란텐족 마을에는 집집마다 직조기가 있어 모두가 바느질로 먹고산단다. 부계 중심 사회인데 집안일부터 시작해 가계를 책임지는 건 여자들이고, 남자들은 대부분 집 안에서 소일거리만 하며 지낸다고. 하지만 바느질 품을 팔아 먹고사는 일은 녹록지 않다고 했다. 공들여 만든 물건을 팔 길이 없기 때문이다. 윈께우는 액을 통해 치앙마이로 넘어가 수공예 행사에 참여하고 가끔 시장에도 나가지만, 이런 연결망이 없는 란텐족 대부분에게는 기회를 얻는 일조차 힘들단다. 태국인인 액은 신분증만 내밀면 국경을 쉬이 넘을 수 있지만 란텐족은 그렇지 않다는 것이다.

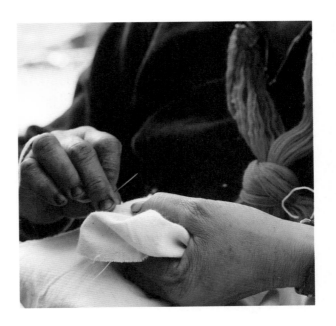

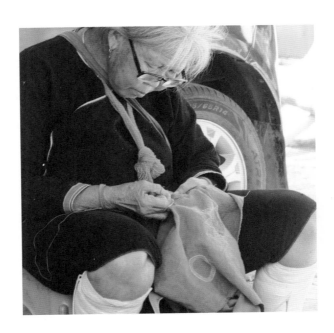

동남아시아 유일의 내륙 국가인데다 태국뿐 아니라 중
국, 베트남, 캄보디아, 미얀마와 접해 있는 라오스에는 다
양한 민족이 살고 있다. 라오스 정부는 공식적으로 소수
민족에 대한 차별을 금지하고 있지만 실상은 그렇지 않
다. 정부가 인정한 소수민족이 49개에 불과하다는 것만
봐도 알 수 있다. 실제로 라오스에서 살아가는 소수민족
은 160개가 넘는다고 한다. 인구의 절반 이상을 차지하는
라오족이 다수민족으로서 기득권을 차지하고 이들을 중
심으로만 사회가 움직인다.

란텐족은 정부의 인정을 받지 못한 소수민족이다. 삶의
터전이 라오스인데도 신분증을 발급받지 못해 활동과 이
동에 제약을 받는다. 당연히 국경을 넘을 수 없다. 외국
인인 우리가, 멀리서 온 우리가 라오스에 오랫동안 살아
온 란텐족보다 국경을 넘기가 수월했던 것이다. 약 100
달러를 들이면 임시 여권을 만들 수 있지만 어디까지나
'임시'일 뿐, 우리가 거쳐온 치앙콩 외 다른 지역은 갈 수
없다. 무엇보다 그들에게 100달러는 엄청나게 큰돈이
다. 한 달 일을 해 버는 돈을 웃도는 금액이라고 액이 설명
했다.

액은 수공예 행사에 참여하기로 한 원께우를 대신해 그가
만든 원단과 작업물 두 보따리를 들고 국경을 넘기로 했
다. 우리는 누구에게나 여권이 있고 여권만 있으면 어디
에든 쉽게 갈 수 있다고 생각했는데 그렇지 않았다. 내 옆
에 선 아이들도 눈치껏 대강의 상황을 파악한 듯했다. 이
제 곧 6학년 진학을 앞둔 큰아이가 내 손을 잡아당기며 소

곤거렸다. "엄마, 원께우 아줌마는 여권이 없어?" "그래, 우리에게는 당연한 일이 누군가에게는 그렇지 않네. 어쩐지 미안하다. 그치?"

다시 출입국 관리소. 외국인 여행자 티가 절로 나서인지 우리는 무사히 국경을 통과했지만, 액이 들고 들어온 보따리는 세관에 걸려 세금을 1000바트나 물었다. 원께우가 직접 행상을 나올 권리가 있었다면, 언제든 자신이 만든 공예품을 팔기 위해 태국의 시장을 찾을 수 있었다면, 이 세금이 억울하고 아깝게 느껴지지 않았을 것이다. 치앙마이로 향하는 내내 마음이 무거웠다.

나는, 우리는, 이 세계의 어디까지 알고 있는 걸까. 따사로운 햇살을 받으며 바느질하는 행위가 그들에게는 절대적인 생계 방편이었다. 그러니 취미라는 말은 이곳에서 호사스럽기 짝이 없었다. 이방인이니까, 여행자니까 굳이 알 필요 없는 이들의 현실이라고 치부할 수도 있으리라. 그렇지만 나는 질 좋은 실과 천을 저렴한 가격에 샀다고 들뜬 채로 뒤돌아서고 싶지 않다. 맑은 강물, 손끝을 물들인 고된 노동의 흔적, 원단을 물들인 섬세한 쪽빛들처럼 고유한 삶의 이야기를 자세히 알고 싶다. 그렇게 알게 된 이야기를 내 아이들과 동네 아이들에게 들려주고 싶다. 태국과 라오스는 프랑스, 독일, 미국보다 훨씬 가까운 이웃이니까. 이웃의 이야기를 자세히 알아두면 좋을 테니까. 좋은 것은 나눠야 더 커지는 법이니 말이다. #

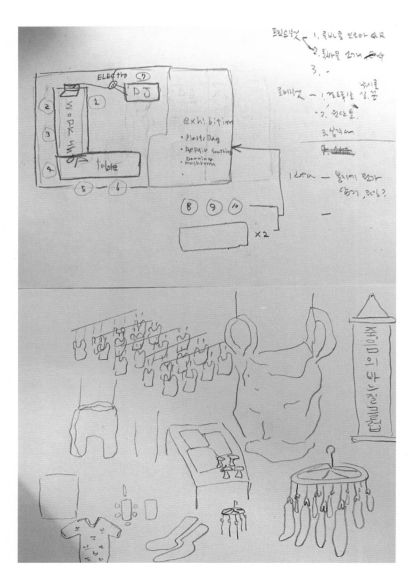

ELECTRO ⑦

DJ

exhibition
• Plastic Bag
• Repair Something
• Darning
• Mushroom

② ① ③ ④

WORKSHOP

table

⑤ — ⑥

⑧ ⑨ ⑩

×2

포인데닛 — 1. 큐비큐 안24 QR
         2. 큐바큐 24니 □□□
         3. -

3피니닛 — 1. 갈토름냐 실크
              추시롱
            2. 건닝트.
         3. 넣겠서

Idea — 힘게 힘꼭24
        댱이, 강이?

재미의 무겁삼빠니 196

치앙마이 크래프트위크 진출기

"치앙마이에는 바다가 없어요."
치앙마이의 지리적 사실에 대해 말하면 사람들은 놀란다.
따뜻한 남쪽 나라에 가서 태양이 내리쬐는 해변에 누워
있다가 오는 거 아니었어요? 한 달 내내 바느질만 했다고
요? 왜요? 왜 거기까지 가서요? 치앙마이에 대체 뭐가 있
는데요?

치앙마이는 바다 대신 산으로 둘러싸인 도시다. 도심 가
까이에 '성스러운 산'이라고 불리는 수텝산이 있어서 시
내를 조금만 벗어나도 울창한 숲속으로 들어갈 수 있다.
700여 년 전, 란나 왕조가 치앙마이를 수도로 삼은 이래
이곳에 살았던 사람들은 자연으로부터 많은 것을 받았다.
등나무, 대나무, 고무나무, 고리버들, 옻, 흙, 광물······ 풍부

한 천연재료 덕분에 일찍이 수공예가 발달했고 지금까지 그 전통이 이어지고 있다. 그래서인지 이 도시에는 예술가와 창작자가 많이 살고, 예술과 공예로 유명한 치앙마이대학교가 있으며, 시내 곳곳에서 크고 작은 마켓이 수시로 열린다.

자연과 예술을 사랑한다면 이방인도 금세 이 도시에 섞여든다. 우리는 치앙마이에서 바느질 스승 액을 만났고, 액을 통해 수공예를 업으로 삼은 이들을 만났으니 우리에겐 치앙마이가 휴양지나 관광지에 앞서 '손작업자의 도시'였다. 치앙마이에 오면 손작업을 이어나갈 힘이 솟는다. 마법에 걸린 사람처럼 시간 가는 줄 모르고 바느질을 한다. 따사로운 햇살 아래서 바느질만 할 수 있다면 바다가 웬 말인가, 이곳이 낙원이었다.

액과 함께 바느질을 하고 있으면 손작업자 친구들이 오다가다 들르고, 그럴 때마다 액은 수시로 우리에게 친구들을 소개해주었다. 어떤 친구는 우리처럼 음악을 하면서 도자기를 굽고, 어떤 친구는 가죽 공예 작업을 하면서 커피 로스팅을 하고, 퀼트 작업을 하는 친구가 있는가 하면, 전통 기법으로 바구니를 짜는 친구도 있었다. 우리는 유튜브에서 서로의 공연 영상을 찾아보고, 마침 치앙마이식 바느질로 짓고 있던 로브를 보여주면서 굳은살이 단단히 박인 서로의 손끝에 안부를 건네곤 했다.

그날도 그랬다. 함께 라오스에 다녀오는 길, 액이 근처에 사는 친구 집에 들르자며 우리를 이끌었다. 액이 속한 수공예 작업자 커뮤니티 하비스튜디오의 대표이자 치앙마이 손작업자들의 최대 행사 '치앙마이 크래프트위

크'(Chiang mai Crafts Week)를 주관하는 핑퐁의 집이
었다.

인공지능이 넘볼 수 없는 것이 수공예라고 믿는 핑퐁은
손작업의 불완전함과 손으로 공예품을 만들며 깊이 몰입
하는 시간을 사랑하는 사람이다. 가끔은 스스로도 미쳤다
고 생각할 정도로 수공예 문화를 사랑해서 오직 개인 자
금만을 들여 2016년부터 크래프트위크를 개최하고 있
다. 치앙마이를 거점으로 활동하는 손작업자와 손작업을
사랑하는 사람들이 모이는 장을 만든 것이다.

연중 치앙마이의 날씨가 가장 좋은 2월, 마침 우리가 머무
르는 동안에 숙소에서 그리 멀지 않은 치앙마이공항 쇼핑
몰 옆에 자리 잡은 치앙마이홀에서 행사가 열린다기에 내
가 들뜬 목소리로 "굿 타이밍!"을 외치며 꼭 구경을 가겠
다고 하니, 핑퐁이 푸근한 미소를 지으며 말했다.

"액이 두 분의 작업을 소개해주었는데 무척 좋았어요. 특
히 수선 작업은 곧 열리는 크래프트위크의 슬로패션 존에
잘 어울릴 것 같아요. 부스를 내어드릴 테니 참여해주세
요. 뭐든 좋아요. 전시도 하고 워크숍도 열어주세요. 그 자
리를 빛내주세요."

이렇게 해서, 그야말로 얼떨결에 치앙마이 크래프트위크
에 초대를 받았다. 아직 한국에서 열리는 큰 행사에도 나
가보지 못했는데 치앙마이에 먼저 진출한다고? 우리의
바느질이 치앙마이로부터 비롯되었으니 어쩌면 자연스
러운 전개일지 몰랐다. 우리는 이 영광스러운 제안을 덥
석 받아들였다. 치앙마이에서 배운 바느질을 한국에 알린
후 다시 치앙마이에 소개하는 일, 이것이야말로 역수출

이 아니냐며 한군과 나는 호들갑을 떨었다. 핑퐁은 우리가 크래프트위크에 참가하는 최초의 한국인이라고 했다. 우리는 바느질 창시자라도 된 것처럼 들떴다.

치앙마이 크래프트위크까지 일주일 남은 시점, 우리는 흥분을 가라앉히고 계획을 짜기 시작했다. 슬로패션에 맞는 워크숍과 전시는 무엇일까 오래 고민하고 그간의 작업과 죽바클 경험을 되돌아보았다. 단어의 의미를 천천히 곱씹고 곱씹었다.

Slow: 느린, 더딘, 천천히 움직이는
Fashion: 유행, 인기, 유행하는 방식

천천히 만든 옷을 오래도록 입자, 유행이 더뎌지고 생산과 소비가 천천히 이뤄지도록. 이 의미를 살리기 위해 우리는 새로 지은 옷을 판매하기보다 수선 작업물 전시와 워크숍에 집중하기로 했다. 마침 한군이 비닐봉지 바느질에 몰두하고 있었던지라, 세상에서 가장 빠르게 소비되지만 가장 더디게 사라지는 비닐봉지를 슬로패션의 일환으로 선보이기로 했다. 호기롭게 준비를 해나가는데, 행사일이 가까워지자 조금씩 걱정이 들기 시작했다. 태국 사람들에게 우리 작업을 어떻게 설명한담? 감침질이나 홈질을 태국어나 영어로는 뭐라고 하지?

벼락치기하듯 단어를 외우다가 액과 처음 만난 날을 떠올렸다. 우리는 영어 단어 서너 개로 대화를 나눴다. 카렌족 마을과 란텐족 마을에 방문했을 때도 말 한마디 통하지 않았지만 직조와 천연염색을 배우지 않았나. 우리가 아는 것을 잘 전하려는 마음, 배우고자 하는 마음만 있으면 충분하지 않을까? 바느질은 말로 풀어 설명하기보다 몸소 보여주는 것 그리고 직접 해보는 것이 최고의 전수법 아니던가.

치앙마이 크래프트위크가 시작되었다. 입구에 들어서자마자 초등학교 운동장만 한 규모의 전시장을 채운 부스들의 재료가 제일 먼저 눈에 들어왔다. 모두 대나무와 나뭇가지였다. 각 부스에는 화려하고 독특하게 바느질된 천이나 나뭇조각으로 만든 간판이 걸렸다. 휴식 공간에 놓인 탁자도 나무판으로 만들어졌고, 심지어 의자는 짚더미를 쌓아 만들었다. 세상에, 치앙마이답다!

나는 한군이 워크숍을 준비하는 틈을 타 행사장을 둘러보았다. 옷, 가방, 모자, 스카프 등 작업자들의 손을 거쳐 탄생한 개성 넘치는 소품들에서 눈을 뗄 수가 없었다. 그뿐일까. 조개껍질로 만든 액세서리, 나무로 만든 장식품과 가구, 도자기, 가죽으로 만든 소품, 퀼트 쿠션과 러그, 등나무를 엮어 만든 바구니…… 나는 부스에 진열된 제품을 덥석 잡지 않으려고 무던히도 애를 썼다. 아무리 고개를 저어도 손수 만든 물건들에 마음을 빼앗겼다. 세상에, 대나무로 이렇게 촘촘하게 엮은 바구니가 고작 3만 원이라고? 말도 안 돼! 나도 퀼트 워크숍에 참여해볼까? 맞다, 나 관람객 아니고 작업자로 참여했지……. 부스 하나하나를 그냥 지나치기가 쉽지 않았지만 정신을 부여잡고 죽바클 부스로 돌아왔다. 나뭇가지에 실로 매단 비닐봉지들이 살랑이며 사람들을 맞이했다.

우리는 하루에 두 번, 이틀간 워크숍을 진행했다. 태국 사람들이 낯설어하면 어쩌나 걱정했는데 웬걸, 태국은 물론 한국, 대만, 일본, 영국 등 여러 나라 사람이 신청했고 네 번 진행하는 워크숍 모두 순식간에 예약이 마감되었다. 치앙마이 지역 행사라고 생각했지만, 치앙마이는 태국에서 방콕 다음으로 관광객이 붐비는 도시다. 특히 수공예로 유명한 도시답게 이곳에 놀러온 여행자들은 손으로 직접 무언가를 만들어보는 일에 관심이 많았다. 각종 먹거리와 공예품 시장에 마음을 뺏겼다가도 한낮의 무더위를 피할 겸 크래프트위크에 찾아온 것이다.

"플리즈, 노 빡빡. 릴랙스, 스무드 앤드 젠틀!"(Please, no 빡빡. Relax, smooth and gentle!)
"홈질 이즈 러닝 스티치. 두 유 노우 러닝 스티치? 코리안 세이 홈질."(홈질 is running stitch. Do you know running stitch? Korean say 홈질.)
"홈질 이즈 베이직. 낫 소 하드."(홈질 is basic. Not so hard.)
"러닝 스티치 이즈 낫 러닝. 사바이 사바이."(Running stitch is not running. ຊ້າໆ ຊ້າໆ)
전날 외운 영어 단어가 무색하게 한군의 입에서 한국어가 자주 튀어나왔지만 '느낌'은 통하는 법이었다. 그는 처음에는 쩔쩔맸지만 곧 한국어, 영어, 가끔 태국어, 그리고 몸짓까지 섞어가며 능란하게 워크숍을 이끌었다. 바느질 정령이라도 다녀갔는지 어느새 언어의 장벽은 온데간데없이 사라지고, 워크숍에 참여한 사람들은 시끌벅적한 행사

장 분위기에 아랑곳 않고 오직 바느질에만 몰입했다. 어쩌다 이 사람들은 치앙마이까지 와서 바느질 수업에 참여했을까?

"치앙마이에 한 달 살이를 하러 왔어요. 여기저기 돌아다니며 수공예품을 구경하다 보니 왠지 나도 손으로 무언가를 만들어보고 싶어졌어요. 카페에서 크래프트위크 포스터를 보고 페이스북을 살펴보다가 워크숍까지 신청했어요."

"저는 세 달째 여행하고 있어요. 손으로 만든 물건 좋아해요. 옷이 딱 다섯 벌뿐인데 며칠 전에 티셔츠에 구멍이 났어요. 그래서 수선 배우러 왔어요."

"나는 치앙마이에서 나고 자랐어요. 매일같이 수공예품을 접하는데도 이제껏 내 손으로 뭔가를 해볼 생각은 못 했네요."

"여행지에서는 꼭 지역 행사를 찾아봐요. 그러다 크래프트위크를 알게 됐는데, 모처럼 여행 온 김에 새로운 일에 도전해보자 싶었죠. 어려울까 봐 걱정했는데 막상 해보니 재미있는데요? 시간이 어떻게 흘러갔는지 모르겠어요."

죽바클 부스뿐 아니라 곳곳에서 워크숍이 성황이었다. 크래프트위크에서는 관람객이 직접 무언가를 만들어보는 경험을 해보길 바라는 취지로 작업자들에게 전시와 판매뿐 아니라 워크숍 열기를 제안한다. 공간의 제약으로 퀼트, 뜨개질, 가죽 공예, 비즈 액세서리 만들기 등 작업 과정이 비교적 간단한 워크숍이 주를 이루었는데, 이 복작거리는 행사장에서 제 손으로 무얼 만드는 사람들의 표정은 사뭇 진지했다. 누가 알겠는가, 이번에 워크숍을 통해 뜻깊은 시간을 보낸 이가 몇 년 뒤에는 손작업자로 변신해 근사한 작업을 선보이며 크래프트위크에 참여할지. 우리도 불과 몇 년 전에는 아무것도 모른 채 손수 지은 원피스에 홀려 바느질까지 배우지 않았던가.

치앙마이에 대체 뭐가 있느냐고 물으면 이렇게 대답해주겠다. 바지런히 움직이는 손들이 있고, 그들을 수호하는 손작업자의 정령을 느낄 수 있을지어다! #

>>>>>>>>>>>>>>>>>>>>>>>>>>>>>>>>>>>>>>

다 꿰맨다

«««««««««««««««««««««««««««««««««««

"복태야, 나를 어디 좀 가둬주면 안 돼? 그럼 하루 온종일 바느질만 할 텐데. 도대체 왜 하루는 24시간이야? 너무 짧잖아. 애들 방금 학교에 보낸 것 같은데 벌써 돌아올 시간이야."

구멍 난 양말, 솔기가 벌어진 셔츠, 끈 떨어진 천가방을 무릎 위에 올려놓고 온종일 바느질하는 것도 모자라 휴대용 반짇고리를 만들어 워크숍 하러 가는 버스 안에서, 녹음을 하다 쉬는 중에, 틈새 시간마다 실과 바늘을 쥐던 한군이 급기야 시간을 탓하기 시작했다. 그것도 아주 진지한 표정으로.
그러던 어느 밤, 쉴 새 없이 부스럭거리는 소리가 귓전을 어지럽혔다. 설마 바, 바퀴벌레? 벌떡 일어나 거실로 뛰

213

쳐나갔는데 부엌 구석에서 한 줄기 빛이 내려오고 있었으니, 헤드랜턴을 장착하고 바느질하는 한군이었다. 부스럭부스럭 소리의 정체가 한군의 손끝에 들려 있었다. 비닐봉지였다.

옷, 양말, 모자, 신발, 우산, 소파, 이불, 니트, 가죽 가방……
웬만한 종류의 수선은 다 해본 한군은 바느질 대상에 한계를 느꼈다. 바늘만 들어간다면 칠이 벗겨진 스쿠터에도 바느질을 할 태세였다. 물건에 구멍이 나기만을 기다리는 한군을 보다 못한 내가 미션을 던졌다. "구멍 난 비닐봉지를 수선해보면 어때? 구멍을 메우다 보면 비닐봉지가 새로운 가방이 되지 않을까? 멀쩡한 것도 바느질해놓으면 예뻐서라도 못 버릴 것 같아." 평소에 여기저기서 받아온 비닐봉지 중 깨끗한 것들을 따로 천가방에 모아두었다가 장을 보러 가거나 쓰레기를 버릴 때 재사용하곤 했는데 마침 그 천가방이 눈에 띄어 지나가듯 한 말이었다.
그날부터 비닐봉지를 든 한군의 집념의 바느질이 시작되었다. 어떤 봉지는 너무 얇아서 바늘만 찔렀다 하면 찢어지고, 어떤 봉지는 꽤 질겨서 굵은 바늘로 꿰매야 한다며, 한군은 각종 비닐의 특성을 분석해가며 손을 놀렸다. 부스럭부스럭 바스락바스락 소리가 그칠 줄을 몰랐다. 노이로제가 올 지경이었다. "비닐봉지가 왜 줄지를 않아? 우리 집에 비닐봉지가 이렇게나 많았어?"
한군의 바느질 속도가 제법 빨랐는데도 비닐봉지가 계속 쌓였다. 비닐봉지가 자가 증식하는 게 아니라, 하루에 비닐봉지가 꼭 한두 개는 생겼다. 장바구니를 깜빡 잊고 장

보러 가서, 마트에 진열된 콩나물을 사서, 음식 배달을 시켜서……. 비닐봉지를 안 쓰려고 노력해도 마트에 가면 선택권이 없었고, 조금만 방심할라치면 쌓이는 게 플라스틱 비닐이었다.

태국에서는 일회용 비닐봉지가 공기처럼 물처럼 쓰였다. 어느 날 오후 반나절 동안 치앙마이 거리를 돌아다닌 후 숙소에 돌아와 유아차 아래 짐칸에 쌓인 비닐봉지를 보고 기함이 터졌다.
수박주스, 커피, 찹쌀도넛, 망고를 담았던 비닐봉지와 숙소로 돌아와 먹을 요량으로 사온 저녁거리(찹쌀밥, 똠양꿍, 쌀국수, 닭고기 튀김, 쏨땀, 팟타이……)가 각각 비닐봉지에 담겨 있었다. 얇고 검은 것, 바닥이 평평하게 넓은 것, 제법 도톰하고 투명한 것, 삼각뿔처럼 생겨 빨대가 꽂힌 것 등등 모양도 색도 종류도 기기묘묘했다. 우리 식구가 반나절 동안 사용한 비닐봉지가 무려 30장에 달했다. 여기서 끝이 아니었다. 쌀국수가 담긴 봉지를 열면 그 안에 삶은 면 한 봉지, 국물 한 봉지, 고기와 야채가 각 한 봉지, 고수 한 봉지…… 마트료시카처럼 큰 봉지 안에서 작은 봉지들이 계속 나오는 것 아닌가. 다음 해부터 우리는 치앙마이에 갈 때 장바구니, 실리콘 도시락통, 물통을 가족 수만큼 챙겨 갔다. 그래서 비닐봉지를 한 장도 안 받았을까? 놀라지 마시라, 여전히 하루에 30장. 그 어떤 상인도 우리가 가방에서 용기를 꺼낼 때까지, 물통을 들이밀 때까지 기다리지 않았다.
우리는 매일 밤 온갖 일회용 플라스틱 용품을 치우면서

쓸 만하겠다 싶으면 깨끗이 씻어서 실 보관통으로 쓰고, 아이들이 마당에서 놀다가 주워 온 돌멩이를 담아두는 용도로 활용했다. 비닐봉지도 어떻게든 한 번 더 써볼 요량으로 따로 모아두었다. 한군이 연습장으로라도 쓰면 될 테니까. 치앙마이에 머문 지 일주일이 지났을 무렵, 선별 작업을 거쳐 살아남은 봉지는 100여 장이 넘었다.

하루는 아이들은 숙소에서 늘어져라 낮잠을 자고, 우리는 나무 그늘 아래 앉아 바느질을 하는데 한군이 말했다.

"어? 이 비닐봉지 엄청 질기다. 애들 수영복이랑 물안경 여기에 넣어 다니자. 블랭킷 스티치로 꾸미면 예쁠 것 같아. 실이 너무 축축해지면 안 되니까 아크릴실로 작업해야겠어."

내가 대답하기도 전에 한군은 신이 나서 바느질을 시작했다.

"태국은 비닐봉지 색도 다양하네. 한국에서 본 비닐봉지는 죄다 검은색 아니면 흰색이었는데. 이 하늘색 봉지 예쁘지? 손잡이만 보강하면 몇 번은 더 쓸 수 있을 것 같아."

"어제 과일가게에서 받아 온 봉지는 찢어진 부분 후딱 꿰매서 이따가 땡모 사러 갈 때 들고 가려고. 오늘은 무조건 내가 먼저 봉지랑 물통 들이밀어야지."

어느새 비닐봉지는 단역에서 주연이 되었다. 세상에 태어나 썩지도 늙지도 않지만 순식간에 쓸모를 다하고 버려지는 존재들. 한군은 그런 비닐봉지에 새 숨을 불어넣고 있었다. 일회용 비닐봉지의 운명을 바꾸고 있었다.

비닐봉지는 한 번만 쓰고 버리라고 만들어진 물건이 아니다. 물에 젖으면 다시 쓰기 어려운 종이봉투의 단점을 보

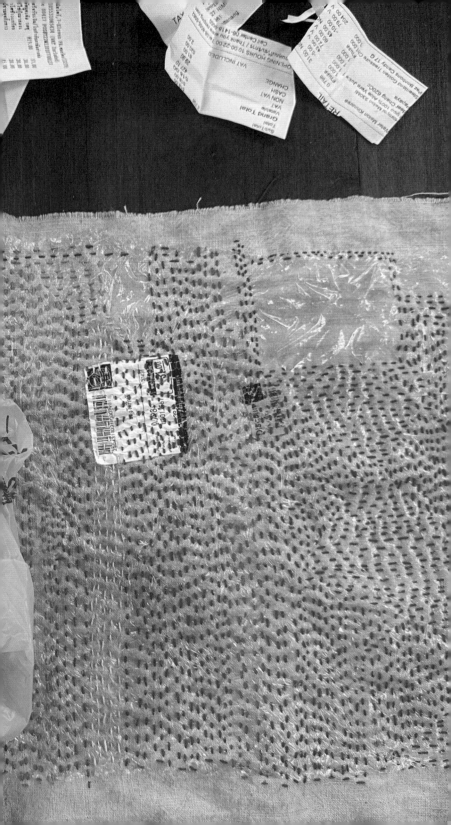

완하고 무분별한 벌목을 막기 위해 스웨덴의 한 공학자가 고안한 것이 비닐봉지였다. 만약 비닐봉지를 수선해서 몇 번이고 더 사용한다면 일회용품이라는 오명에서 벗어날 수 있지 않을까? 썩는 데 걸리는 시간에는 변함이 없겠지만 바늘땀이 새겨진 비닐봉지는 쉬이 버려질 것 같지 않았다.

그날 저녁, 과일 가게에서 주문을 하기 전에 봉지부터 내밀었다. 처음엔 당황한 표정을 짓던 과일 가게 아저씨는 빨간색 실로 감침질한 부분을 보더니 의미를 알아채고는 "리유즈? 굿!" 하고 웃으며 땡모를 담아주었다. 수영장에서 아이들은 수영복 담았던 비닐봉지를 물에 동동 띄우며 놀았다. "엄마, 여기 알록달록한 해파리가 둥실둥실 헤엄치는 것 같아!"

치앙마이 크래프트위크의 슬로패션존 참여 제안을 받았을 때, 우리는 고심 끝에 비닐봉지를 전시했다. 오래 입고 고쳐 입자는 슬로패션의 의미는 수선 워크숍에서 충분히 전할 수 있을 것 같았다. 우리가 만든 옷을 진열하고 판매하기보다는 가장 빠르게 소비되지만 가장 더디게 사라지는, 우리보다 세상에 오래 남게 될 비닐봉지의 쓰임을 다시 생각해보자고 말하고 싶었다. 이틀간 죽바클 부스에 한군이 바느질한 비닐봉지를 실로 매달아 진열하고, 사진으로 찍어 SNS에 올렸다. 전시 현장에서도 온라인에서도 사람들의 반응이 뜨거웠다.

"이렇게 멋진 비닐봉지는 평생 소장할래요." "비닐봉지를 되살렸네요. 이게 예술이지!" "비닐봉지 절대 못 버리겠어요. 친환경 라이프!" "미쳤다! 이것은 혁신이다!" 열렬하게 환호하는 반응이 있는가 하면, "이건 재능 낭비예요!" 같은 아리송한 말을 남기고 간 관람객도 있었다(그러나 우린 칭찬으로 받아들였다).

비판적인 댓글도 달렸다. "도대체 왜 플라스틱에 바느질을 하는 거예요?" "어차피 버리게 될 쓰레기 아닌가요?" 우리가 끼어들 새 없이 사람들은 댓글을 주고받았다. "당신이 비닐봉지 두 개 쓸 때 전 이 비닐봉지 다섯 번 재사용할래요! 그게 바로 환경보호." "비닐봉지에 바느질을 한 순간 현대미술 작품이 탄생했네요! 예술은 쓸모를 따지지 않죠."

자유롭게 오가던 의견은 '테세우스의 배' 역설에 봉착했다. 이것은 비닐봉지인가, 더는 비닐봉지가 아닌가!

조금도 예상하지 못했던 반응은 판매 문의였다. 죽바클 부스에 찾아온 태국인 손님이 비닐봉지를 구입하고 싶다며 가격을 물었다. 왜 비닐봉지를 사려는 건지 그 이유를 묻자, 작업에 담긴 의미도 좋지만 작업물 자체가 아름다워서 소장하고 싶단다. 판매하지는 않았지만 뿌듯함으로 빵빵해진 한군의 모습은 좀 귀여웠다.

한군은 비닐 작업물과 치앙마이에서 모은 비닐봉지를 빠짐없이 챙겨 돌아왔다. 비닐봉지에 대한 열정은 식을 줄을 몰랐고, 급기야 종이봉투에도 바느질을 하기 시작했다. 하루는 밖에 나갔다가 돌아오니 한군이 이가 나간 벽돌에 바느질을 해대고 있었다. "하다하다 이제 벽돌에도 바느질을 한다고?" "골목에서 이 벽돌을 발견했는데 너무

안쓰러워 보였어. 바느질하면 어떻게든 쓸모를 찾을 수 있지 않을까?" "한군, 그만 좀 쉬어. 손목 아프다며." "멈출 수가 없어. 이 재미있는 걸 어떻게 멈춰?
공자가 그러셨지. "아는 사람은 좋아하는 사람만 못하고 좋아하는 사람은 즐기는 자만 못하다"고. 즐기는 자가 된 한군을 막을 수 있는 건 이제 아무것도 없다. ♯

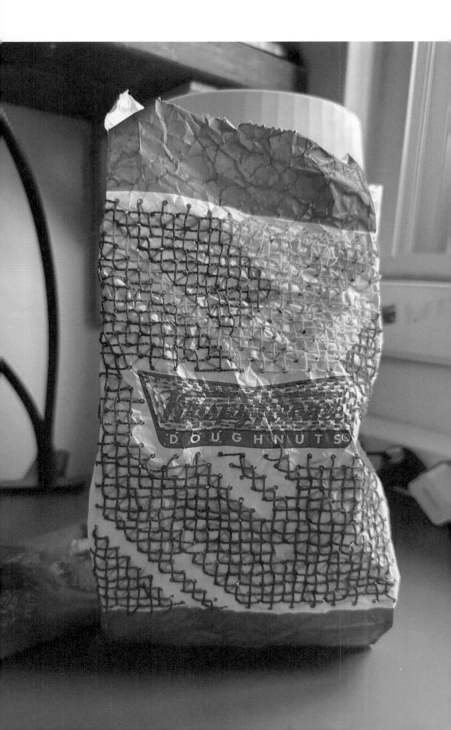

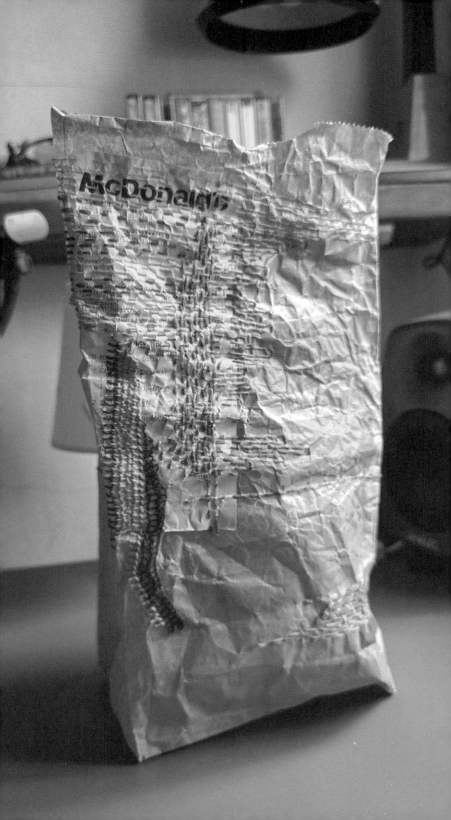

사토미의 카렌 마을 입주기

2023년 9월 광주에서 사토미를 처음 만났다. 죽바클이 국립아시아문화전당에서 열리는 아시아아트마켓에 초대를 받아 참여하게 되었는데, 그 역시 초청을 받아 치앙마이에서 광주를 방문한 것이다. 그때는 스치듯 인사만 나누었고 치앙마이에 살면서 수공예품을 만드는 일본인이라고만 들었다.

이듬해 2월, 치앙마이에서 열린 크래프트위크(Crafts Week) 행사에서 사토미를 다시 만났다. 우리는 주최 측의 초대로 전시와 워크숍을 열었고, 사토미는 판매자로 참여했다. 언젠가 다시 마주칠 기회가 있길 바라던 참이었는데, 수많은 수공예품과 사람들 틈바구니에서 나는 단번에 그의 부스를 알아봤다. 카렌족 전통 기법으로 직조한 원단, 그 원단으로 만든 옷과 가방, 베개, 매트리스, 스카프 등이 진열되어 있었다. 그런데 내가 알던 카렌족 직조 스타일과 사뭇 달라 보였다. 심플하고 멋스러우면서도 묘하게 일본풍이 느껴지는 스타일이었다.

사토미 곁에는 나이 지긋한 카렌족 여성이 부드러우면서 강력한 기운을 뿜어내며 서 있었으니, 이 모든 원단과 옷을 만든 분이었다. 그의 이름은 매 찬시. 태국에서는 윗사람이 여성이면 이름 앞에 '매'(แม่)를 붙인다. '대모 찬시' 또는 '큰어른 찬시'라는 뜻이다. 매 찬시는 사토미와 한 마을에 사는 카렌족 큰어른이었다. 반갑게 인사를 나누고 사토미와 그간의 근황을 주고받는데, 매 찬시가 사토미를 통해 우리에게 말을 건넸다. 마을로 놀러오라고, 와서 직조를 배워보면 어떻겠느냐는 제안이었다.

전 세계에 코로나19가 본격적으로 확산되기 직전인 2019년 12월, 우리는 한동안 치앙마이에 오지 못할 거라고는 꿈에서도 상상하지 못한 채 바느질 여행을 떠났다. 그때는 액이 카렌족 전통 바느질을 소개해주겠다고 해 치앙마이 북쪽 치앙다오 고산 지대에 사는 카렌족 마을에 방문했었다. 마을에 들어서자마자 대나무를 엮어 만든 건조대에서 바람에 하늘거리는 색색의 원단에 반한 우리는 카렌족 여성들에게 천연염색을 배웠다.

이들이 사용하는 염료는 다채로웠다. 망고나무 이파리에서 진한 노란색을, 소목을 끓여 붉은 계열의 색을 뽑아냈다. 소목은 한국에서도 전통 염색 재료로 쓰인다. 소목의 특징은 매염제에 따라 색상이 달라진다는 것이다. 한국에서는 콩대를 태워 만든 잿물이나 백반을 사용해 다홍색과

자주색을 천에 입히고, 카렌족은 팟타이 소스 재료이기도 한 타마린드를 우려서 주홍빛을 만들어낸다. 우리는 손가락을 망고색으로 물들인 채 원단을 한아름 들고 돌아왔더랬다.

매 찬시와 사토미가 사는 카렌족 마을은 치앙마이 남쪽 람빵 지역이라고 했다. 북쪽 마을에서 천연염색을 배웠으니, 이번에는 남쪽 마을에서 직조를 배워볼 차례였다. 우리는 흔쾌히 초대를 받아들였다. 이참에 일본인 사토미가 어쩌다 태국에, 그것도 도심이 아닌 작은 시골 마을에 살게 되었는지 그 이야기도 듣고 싶었다. 크래프트위크 행사를 무사히 마친 이틀 후, 액과 우리는 람빵의 카렌 마을을 찾았다. 카렌족에게 직접 직조를 배우는 좋은 기회를 우리만 누릴 수 없어 치앙마이 바느질 여행에 함께한 친구들과 동행했다.

고요하고 차분한 분위기가 감도는 마을이었다. 치앙다오의 카렌족 마을보다 낮은 지대에 자리 잡아서인지 척박한 느낌이 없었다. 마을 여성들이 매 찬시의 집에 모여 우리를 반갑게 맞아주었다. "사와디카!"(안녕하세요) 인사를 나눈 뒤 일대일로 직조를 배웠다. 직조 기구는 생각보다 단출했다. 나무 막대기 몇 개로 짜여 있었고 크기도 자그마했다. 이리 단순해 보이는 기구에서 이토록 섬세한 결을 가진 천을 짜낸다니, 모든 것은 장비발이라는 핑계가 무색해졌다. 내가 한눈에 반한 아름다운 원단들이 이렇게 소박한 환경에서 태어나다니, 경이로웠다.

그들의 작업을 감상하고 있자니 마음이 울컥했다. 누구나 그런 순간이 있지 않은가. 눈앞에 펼쳐진 모습이 가슴 깊

©이은지

235

이 와닿아 나도 모르게 눈물이 차오르는 순간. 그때의 내가 그랬다. 너무나 평범해 보이는 그들의 삶이 너무도 귀해 보여서 마음이 일렁였다.

좋은 대학 가서 안정적인 직장에 취직하고, 집 사고, 주식 사고, 부자가 되어야 한다고, 그렇지 않으면 실패한 삶이나 다름없다고 말하는 가시 돋은 굴레 속에서 아등바등하는 나와 달리, 이들은 그 굴레에서 지극히 멀리 있는 듯 보였다. 당연히 이들의 삶에도 어려움이 있고 고통이 있고 보이지 않는 굴레가 있을 것임을 알면서도, 그 순간엔 어쩔 수 없이 그렇게 보였다. 평화도 아니고 평탄도 아니고 이게 평범한 삶이 아닐까 생각했다. 사토미가 일본을 떠난 이유가 이것이었을까? 다들 직조에 빠져들기 시작했을 때, 나는 여전히 일렁이는 가슴을 가라앉히며 사토미에게 다가갔다. 궁금한 것이 많았다. 사토미는 어떤 마음으로 이곳으로 왔을까?

도쿄의 한 무역회사 회계 담당이었던 사토미는 밤낮으로 일에 치여 살다가 어느 날 숨통 틀 곳을 찾아 라오스로 휴가를 왔다. 라오스의 날씨, 음식, 사람, 직물에 홀려 그 뒤로 매년 휴가 때마다 라오스를 방문했단다. 특히 라오스 여성들이 수작업한 전통 의상, 아기 포대기, 두건 등을 본 후 호기심이 거세졌다고 했다. 직접 재배한 식물에서 실을 잣고, 그 실로 천을 짜고, 그 천으로 옷까지 만든다니, 게다가 이 모든 과정을 한 마을에서 해내고 그 결과물을 전시하거나 판매하지 않고 일상에서 모두 사용한다니 경이롭고 신비로웠다는 것이다. 9년이나 쌓은 회계 일을 그만둘 결심을 하기까지 오래 걸리지 않았다. 그는 사직서를 내고 일본에서 1년간 직조와 천연염색을 배웠고, 치앙마이의 한 직물 회사에 취업했다. 그러다 황망하게도 2020년 코로나19 대유행이 시작됐다.

"회사가 문을 닫고 졸지에 실업자가 됐어요. 이대로 일본으로 돌아가면 치앙마이에서 직조를 제대로 배우지 못한 걸 후회할 것 같았어요. 다급히 수소문을 했지요. 누군가 유명한 수공예 장인이라면서 매 찬시에 대해 알려주었어요. 곧장 매 찬시가 사는 이 마을로 들어왔어요. 처음에는 매 찬시의 집에서 지냈는데 도쿄에서 생활하던 방식과 완전히 달라서 놀랐어요. 도쿄에서 내가 할 줄 아는 건 회사 일뿐이었어요. 복잡한 지하철로 출퇴근하고, 마트에 진열된 식료품을 사 먹고. 평생을 누군가 만들어놓은 시스템에 맞춰 살아가면 되잖아요. 어디든 대도시는 그럴 거예요. 서울도 그렇죠? 편리하긴 하죠. 여기서는 내가 할 줄 아는 게 아무것도 없더라고요. 나무로 집을 지을 줄도 불을 지펴 밥을 할 줄도 몰랐으니까요. 내 손으로 꾸릴 수 있는 삶의 기술이 하나도 없더라고요. 배우고 싶었어요. 시작이 직조였죠. 천을 만드는 법은 아주 어려워서 지금도 매일매일이 도전이에요. 아, 도쿄에서는 안 하던 운전도 배웠어요. 여기는 교통 인프라가 열악해서요. 그럼에도, 어떤 일을 제대로 돌아가게 하려면 직접 몸을 움직여야 한다는 사실이 좋아요."

직조 기술을 배우며 잠시 머물려던 마을에서 사토미는 카

렌족 남성과 사랑에 빠진다. 사랑을 키우며 마을에 적응한 그는 마을에 들어온 지 2년 만에 결혼하고, 결국 완전히 이주해 살아갈 결심을 한다. 외국인 여성이 마을 사람과 결혼해 정착한다고 했을 때 사람들의 반응은 어땠을까? 일본에 있는 가족이 섭섭해하지 않았을까?

"덤덤하게 받아들이셨어요. 제가 카렌 마을에 머물기로 결정한 건 일본을 떠난 지 4년이나 지났을 무렵이었거든요. 아버지는 삶의 방식, 문화 차이를 맞춰가며 파트너와 행복하게 살아갈 수 있다면, 제 결정을 존중한다고 하셨어요. 마을 사람들 중 몇몇이 제가 남편을 버리고 일본으로 도망칠 거라고 수군거렸다고 해요. 그런 말을 전해 들을 때는 좀 씁쓸했죠. 그렇지만 이웃으로 가까이 지내면서 내 진심이 통했을 거예요. 각종 마을 행사에 부지런히 참여하고 언어도 계속 배워나가고 있어요." 일본으로 돌아갈 생각이 있느냐는 질문에 사토미는 단호했다. "가족과 집이 여기 있는 걸요."

카렌 마을에서는 자연에서 살아가는 기술이 돈만큼 절실하다. 일과 일이 아닌 것이 별다르게 구분되지 않으니, 그저 내 손과 몸을 이용해 살아가는 감각을 연마할 뿐이다. 물론 어려움이 많다. 무엇보다 나이 든 여성들의 뛰어난 직조 기술과 전통 의상 및 공예품 제작 기술을 이어갈 젊은이들이 없다. 마을에서 자란 아이들이 부모 세대처럼 살고 싶어 하지 않아 도시로 떠난다고 했다. 이방인이었던 사토미가 이곳에 정착해 카렌족의 전통문화를 이어가는 모습이 아이러니하면서도 어쩌면 꽤 현대적인 해결책인가 싶기도 해 묘한 느낌을 주었다.

사토미는 도쿄에서처럼 돈을 벌려고 죽어라 일하는 건 여기서는 의미가 없고 그다지 중요하지 않다고 말했다. 하고 싶을 때 하고 멈추고 싶을 때 멈추기, 무리하지 않으면서 만들어내는 것이 목표란다. 유명해지고 싶은 욕심도 없다고 했다. 마을이 감당할 수 있는 적정 양과 속도를 지키는 것이 고유함을 지키는 길이라며 사토미는 맑게 웃었다. #

페이퍼스푼 패밀리

치앙마이공항에 도착하니 끈적한 바람이 불어왔다. 익숙하고 살가운 바람. 불과 여섯 시간 전에 한국에서 차디찬 겨울바람을 맞고 있었다는 사실이 믿기지 않았다. 옷차림이 가벼워진 우리 식구는 택시에 올라타자마자 창문에 코를 붙이고 바깥 풍경을 구경하기 바쁘다. 잎이 넓적한 열대 식물과 붉은 벽돌로 둘러싸인 치앙마이 구시가지의 이국적인 풍경을 보고 나서야 또다시 이곳에 왔구나 실감했다. 금박지로 감싼 듯 번쩍이며 그 위용을 자랑하는 뾰족한 사원과 관광객으로 북적이는 님만해민 신시가지를 지나 도착한 곳은 무성한 나무들과 흐드러진 꽃잎으로 둘러싸인 마당이 있는 아담한 2층 건물, 우리가 치앙마이에서 제일 사랑하는 카페 '페이퍼스푼'(Paper Spoon)이다.

2015년, 첫 치앙마이 여행을 앞둔 나에게 친구들은 페이퍼스푼에 꼭 가보라고 했다. 분위기며 커피 맛이며 분명 마음에 쏙 들 거라고 했다. 치앙마이를 소개하는 여행책자에서도 페이퍼스푼은 빠지지 않는 이름이라 무척 궁금했는데, 이곳에 들어선 순간 그 이유를 알았다. 여긴 완전히 다른 세상이었다. 우리보다 먼저 마당 안으로 뛰어들어간 지음이가 외쳤다. "엄마, 여기 「이웃집 토토로」에 나오는 숲속 마을 같아!"

낡은 선풍기가 탈탈 돌아가는 소리, 카페 곳곳에 진열된 빈티지 조명과 소품, 커다란 창문을 가득 채운 초록 식물들, 무엇 하나 내 마음을 건드리지 않는 것이 없었다. 2층으로 올라가는 나무 계단의 삐걱거리는 소리마저 정겹게 들렸다. 마당에 앉아 쏟아지는 햇살을 만끽하면서 바람결에 나뭇잎이 사그락사그락거리는 소리를 듣고 있자니 그제야 서울에서부터 따라온 부산스러운 마음이 녹아내렸다. 왜 모두가 이곳을 추천했는지 그 이유를 온몸으로 느꼈다. 페이퍼스푼을 둘러싼 풍경 안으로 완전히 빠져들었다. 이곳에서 어떤 운명적인 일이 벌어질 거라고는 상상도 하지 못한 채.

그날, 페이퍼스푼에서 한적한 시간을 보내고 카페 안에 있는 핸드메이드 소품숍에서 카렌족 전통 바느질로 지은 원피스를 사서 나오는 길에 그를 만났다. 우리의 바느질 스승님, 액. 우리가 처음 만난 장소가 바로 이곳 페이퍼스푼이었다. 그때나 지금이나 액은 개인 작업실을 따로 마련하지 않고 카페에서 바느질을 한다. 앉아서 바느질만

할 수 있다면 그곳이 액의 작업실이었다.

내가 액에게 말을 걸고 바느질을 가르쳐달라고 제안하고, 액이 나에게 바느질을 알려줄 결심을 하기까지는 삼고초려 그 이상이 필요했다. 수공예 커뮤니티 하비스튜디오 소속 예술가로 소수민족의 전통 바느질 기법을 사람들에게 전하는 일을 하고 있었지만, 액은 누군가를 가르치는 것보다 혼자 바느질하는 것을 더 편안하게 느끼는 사람이었다. 우리를 만나기 전까지는.

말이 통하는 사람에게 바느질 기법 전하는 일도 쉽지 않은데, 낯선 외국인이 호기심 어린 얼굴로 다가와 말을 거니 액은 얼떨떨했을 것이다. 그러나 다음 날에도, 그다음 날에도 계속 마주치는 우리 식구에게 자꾸만 눈길이 갔는지도 모르겠다. 늘 자신의 두 아이를 곁에 두고 바느질을 하는 액이기에, 두 아이를 데리고 치앙마이에 놀러온 우리에게 마음이 쓰이지 않았을까(액을 처음 만났을 때는 셋째가 태어나기 전이었다).

바느질을 배우기 시작했다고 해서 그와 단박에 가까워진 건 아니었다. 바느질이 손에 익기까지 시간이 걸리듯, 우정의 농도가 진해지는 데도 시간이 필요하다. 액이 시범을 보여주고, 묵묵히 바느질을 하고, 그러다 액이 가까이 다가와 내가 잘하고 있는지 들여다보고, 잠시 바느질을 멈추고 허리를 펴고 목을 돌리며 액의 아이와 우리 아이들이 노는 모습을 지켜보고, 액의 아내가 망고를 깎아다 주면 함께 먹으면서 영어 단어로 수다를 떨고, 또다시 바느질을 하다가 하늘 한 번 쳐다보고. 다음 날, 또 다음 날 페이퍼스푼에 앉아 바느질을 하면서 우리는 그렇게 아주

서서히 가까워졌다. 그때는 몇 년 뒤에 한국의 우리 집 거실에 모여 앉아 함께 김밥을 먹으면서 바느질을 할 거라고는 상상도 하지 못했다.

페이퍼스푼을 운영하는 팸과 톰은 카페에서 가장 넓은 자리를 '패밀리'를 위한 공간이라며 비워두었다. 그곳에 액과 내가 바느질거리를 사이에 두고 앉아 조용히 바느질에 몰입하고 있으면, 그 틈새로 패밀리들이 오가며 새로운 활력을 불어넣어 주었다.

어느 날은 내가 페이퍼스푼에 처음 방문한 날 카렌족 원피스를 소개해준 소품숍 '핸드룸'(Hand Room)의 주인장 녹이 자연스레 합류해 이야기를 나눈다. 바느질 수다를 떠는 액과 녹, 두 남매의 모습이 참으로 돈독해 보였다. 둘째 쿠웨이를 업고 바느질하는 액의 어깨가 저려올 때쯤에는 페이퍼스푼에서 열 걸음 정도 떨어진 곳에서 게스트하우스 '파이안노이'(Paiyannoi)를 운영하는 진과 자가 마당에 풀어놓은 닭들에게 모이를 주다 말고 다가와서 자신의 어깨를 내주었다. 쿠웨이에게는 페이퍼스푼 패밀리의 어깨가 제 침대였다. 누구의 어깨에서든 편안하게 잠을 잤다. 녹이 학교 끝나는 시간에 맞춰 나모를 데리러 가야 한다며 자리에서 일어선다. 잠시 후에는 카페 준준앤드숍(Junjun & Shop)을 운영하는 준준과 숍이 들러 다함께 컵케이크를 나눠 먹고, 페이퍼스푼 옆 아담한 건물에 사는 꿍이 지나가다 말고 자리를 잡고 앉아 수다를 떤다. 바느질이 액과 나를 엮고, 액의 패밀리와 우리를 이어주고 있었다.

페이퍼스푼 패밀리는 옹기종기 모여 살며 크고 작은 일상을 함께 보냈다. 마당에 모여 수다 떨고, 새로운 카페가 문을 열면 다함께 마실을 나가고, 캠핑장에서 함께 모닥불을 피우면서. 열 살 어린이부터 아흔이 넘은 노인까지, 삼대 가족이 오순도순 살아가는 모습이 참으로 정다워 보였다.

어느 해인가 진이 운영하는 동네책방에서 열린 낭독 행사에 갔는데, 페이퍼스푼에서 종종 마주친 여성 노인이 앉아 계셨다. 패밀리들이 오면가면 "매"(어머니) 하고 말을 걸길래 처음에는 이들의 어머니구나, 짐작하며 옆에 앉은 액에게 물었다.

> » 저분은 누구예요?
> ⅋ 우리 어머니예요.
> » 액은 아빠를 닮았나 봐요.
> ⅋ 진의 어머니니까요.
> » 우리 어머니라면서요.
> ⅋ 진의 어머니예요.
> » 방금 자가 어머니라고 불렀는데요?
> ⅋ 진은 바쁘니까 자가 챙겨요. 우리도 챙겨요.
> 안 바쁜 사람이 어머니를 챙겨요. 공동의 어머니예요.

그날 알았다. 페이퍼스푼 '패밀리'는 혈연 가족이 아니었다. 녹과 액은 남매가 아니라 서로의 바느질 품을 나누는 친구였다. 언제나 활력 넘치는 팸도, 과묵하게 일만 하다

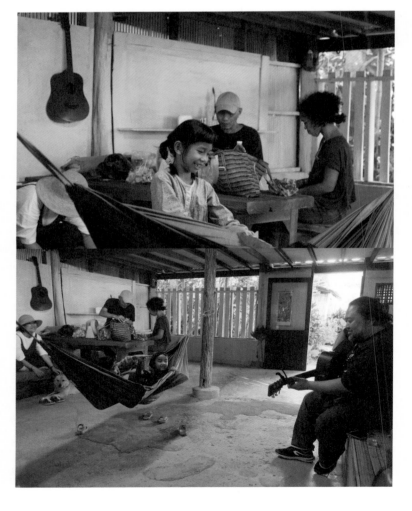

가 아이들을 보면 활짝 웃는 톰도, 준준과 숍도, 진과 자도. 각자의 이유로 고향을 떠나온 이들이 치앙마이에서 어쩌다 우연히 모여 살게 되었고 새로운 가족을 꾸린 것이다. 이들이 다정하고 살뜰하게 지내는 모습을 보고 피를 나눈 가족이라고 여긴 것은 나의 완전한 착각이었다.

진은 노모와 함께 사는데 어머니를 챙기는 사람은 그때그때 다르다. 누구든 곁에 있는 사람이 어머니의 식사를 돕고 덮을 것을 챙긴다. 음식을 흘리면 닦아드리고, 화장실을 가고 싶어 하면 모시고 다녀온다. 아무도 진을 찾지 않는다. 진의 노모가 '공동의 어머니'라면, 꿍의 딸 나모와 액의 두 아이 겐과 쿠웨이는 '공동의 아이'다. 모두가 합심하여 아이들을 보살핀다. 꿍을 대신해 녹 부부가 학교에 나모를 데리러 가고, 함께 여행을 다녀오기도 한다. 아이들이 학교에서 돌아오면 패밀리 모두 하던 일을 멈추고 아이들을 둘러싸고 앉아 그날 있었던 일을 나눈다. 패밀리가 모인 자리에는 늘 공동의 어머니와 공동의 아이들이 함께했다. 어른들 틈에서 아랑곳없이 뛰노는 아이들과 나이 지긋한 노인과 함께 보내는 시간이 이들에게는 지극히 당연하고 자연스러웠다.

성미산 마을에서 우리도 공동육아 품앗이를 하며 지내는데, 그래서 내가 이들이 살아가는 모습이 반갑고 좋았나 보다. 누군가를 돌보는 일에는 예상했던 바를 한참 넘어서는 어마무시한 품과 정성이 드는데 그것을 함께 나누고 살아가서. 한편으로는 노모와 아이를 돌보는 일상이 이렇게 잔잔하고 평화롭게 흘러간다는 사실이 놀라웠다. 언제 어디서나 엄마아빠만 찾는 우리 아이들과 조금 다른 모습이 부럽기도 했다. 이런 생각을 하고 있다는 걸 눈치라도 챈 건지 나모와 겐과 놀던 지음이가 쪼르르 곁으로 다가왔다.

> « 엄마, 나모 언니랑 겐은 자매야?
> » 꿍 아줌마 딸이 나모고, 액 아저씨 딸이 겐이야. 그래도 자매라고 할 수 있지.
> « 그렇구나. 여기 우리 동네랑 분위기가 좀 비슷하지 않아? 그런데 더 패밀리 같은 느낌이야.
> » 더 패밀리 같은 게 뭔데?
> « 모르겠어. 여기서는 누구 엄마, 누구 딸인 게 별로 중요하지 않은 것 같기도 하고. 패밀리 패밀리 이렇게 부르면 우리도 패밀리 되나?

옆에서 바느질하던 액의 귀에 '패밀리'라는 단어가 콕 들어왔는지, 지음이와 눈이 마주치자 웃으며 말한다. "패밀리? 지음? 위 아 패밀리." 지음이는 배시시 웃더니 쑥스러운 듯 몸을 배배 꼬다가 놀던 자리로 돌아간다. 세 아이가 노는 모습이 참 예쁘다.

함께 바느질을 하면, 함께 밥을 먹으면, 함께 노래를 부르면, 그게 바로 '패밀리'라고 말하는 우리의 푸근한 스승님 액이 우리를 알게 모르게 이곳에 스며들게 해주었는지도 모르겠다. 치앙마이에서 막내 보음이가 갑자기 병원에 입원했을 때는 패밀리들이 십시일반으로 힘을 보태어 입원 수속을 도와주고, 보음이 챙기랴 나머지 두 아이 챙기랴 정신 없을 때 병원으로 한달음에 달려와 아이들을 돌봐주어 얼마나 고마웠는지. 기쁜 일, 슬픈 일, 함께하는 시간들이 켜켜이 쌓이고 엮이면서 패밀리가 되어가고 있다. 우리의 패밀리가 치앙마이에 있다. #

야시장의 프언들

치앙마이대학교 후문 근처에는 랑모라고 불리는 지역이
있다. 대학가답게 개성 있는 카페와 식당, 헌책방과 작은
상점이 밀집해 있는 동네로, 후문이라는 뜻의 태국어 '랑
모'(หลังมอ)가 지역 이름으로 굳어졌다고 한다. 서울에서
홍대 정문 앞부터 서교동과 동교동 일대를 아울러 '홍대
앞'이라 부르는 것과 비슷하달까. 한낮의 랑모 거리에는
흰색 상의와 검은색 하의 교복을 입은 대학생들로 가득
하다.

오후 4시, 선선한 바람이 불기 시작하면 대학생들은 뿔뿔
이 흩어지고, 상인들이 노점 수레를 끌고 하나둘 모여든
다. 후문 앞에서 구시가지까지 길게 뻗어 있는 수텝로드
를 사이에 두고 1킬로미터 남짓한 거리에 줄지어 자리를
잡는다. 이제 상인들의 시간이 시작되었다. 그 유명한 치

앙마이 랑모 야시장이 열린 것이다.

정문 앞 나모 야시장(나모[หน้ามอ]는 정문이라는 뜻이
다)이 옷, 액세서리, 화장품, 음식 등을 골고루 모아둔 동
대문 시장 같은 곳이라면, 랑모 야시장에는 다양한 음식
점포들이 즐비하다. 어둠이 내리깔리면 상점들이 조명을
밝히고, 여기저기서 숯불 연기가 피어오른다. 지글지글
고기 익는 소리, 칼로 나무 도마 위를 탕탕 내리치며 코코
넛 껍질 벗기는 소리, 알싸한 향신료 냄새, 관광객들의 들
뜬 목소리가 한데 어우러져 한적했던 거리가 금세 소란스
러워진다.

2023년 1월, 우리는 랑모 야시장 근처에 한 달 살이 숙소
를 구했다. 야시장까지 걸어서 2분 거리라는 점만 보고
내린 결정이었다. 하루 종일 따가운 햇살을 받으며 치앙
마이 시내 곳곳을 돌아다니다가 숙소로 돌아와 잠시 쉬
고, 그러다 출출해지면 '오늘은 뭘 해 먹이지?' 고민하는
대신 문 열고 밖으로 나가면 맛집이 끝도 없이 펼쳐져 있
다는 것, 치앙마이에서만 누릴 수 있는 특별한 호사였다.
똠양꿍, 팟 카파오 무 쌉, 팟타이, 쏨땀, 얌운센, 뿌 팟 퐁 까
리 등 발음도 재미있는 태국 음식은 물론 햄버거, 스테이
크, 오코노미야키, 초밥, 심지어 한국식 치킨과 떡볶이까
지 있으니 다섯 식구가 먹고 싶은 것을 골라 먹으면 그만
이었다. 카놈크록, 마카롱, 과일모찌, 탕후루 같은 디저트
와 파파야, 수박, 망고, 용과, 파파야, 구아바…… 한국에서
는 자주 먹지 못하는 열대 과일까지 원 없이 먹을 수 있으
니, 매일 행복한 고민을 하며 시장을 돌아다니다 보면 저

녁거리를 사는 데만 족히 한 시간은 걸렸다. 도장 깨기 하듯 하루는 이 집, 하루는 저 집 다니다가 우리 입맛에 맞는 곳을 찾았고, 어느새 얼굴을 알아보고 반갑게 맞아주는 이들이 생겼다. 단골집이 생기니 우리가 여행자가 아니라 이곳의 생활인처럼 느껴졌다.

☆

우리의 단골집 중 하나는 '오렌지 스무디'라는 이름의, 오렌지만 메뉴에 없는 스무디 가게다. 한 평도 안 되는 작은 노점은 스무디 만드는 언니의 동선에 최적화되어 있다. 언니는 이 안에서 춤을 추듯 움직인다. 커다란 컵에 얼음을 한가득 담고, 요거트 한 국자 푸고, 딸기 몇 알 넣고, 딸기 시럽과 이름 모를 시럽들을 거침없이 차례대로 꾹꾹 꾸우욱 눌러 짜고, 믹서로 간다. 1초, 2초, 3초…… 대략 16초가 지나면 곱디 고운 딸기스무디가 완성된다. "컵쿤카." 고맙다는 인사를 건네고는 재빨리 한 모금 마신다. 거의 매일 딸기요거트스무디를 마시면 알 수 있다. 재료를 눈대중으로 담은 듯 보여도 실은 굉장히 정확한 양이었다는 것을.

맛도 맛이지만 나는 언니가 스무디 만드는 모습을 지켜보는 그 짧은 몇 분의 시간이 좋았다. 좁은 공간 안에서 효율적으로 움직이는 모습을 바라보노라면 경쾌한 춤사위를 보는 듯했다. 언니는 매일 같은 시간에 노점을 차리고, 스무디를 수십 잔씩 만들고, 다시 노점을 정리하는 일을 반복할 것이다. 매일매일이 만들어낸 낭비 없는 동작들, 반복으로 다진 절도 있는 움직임. 이것들이 몸에 배기까지

걸린 지루하고 지난했을 시간을 생각한다. 스무디 가게 언니뿐일까. 저녁마다 야시장을 방문하면서 노점 너머로, 달짝지근한 냄새 너머로 사람들이 보이기 시작했다.

☆

탕 탕 탕 탕 서걱 서걱 서걱 서걱 삭 삭 삭 삭, 과일 가게 아저씨의 칼질하는 손놀림이 예사롭지 않았다. 팔뚝만 한 칼로 수박을 여덟 등분 하고, 날렵한 칼질 한 번으로 빨간 수박 속살을 초록 껍질에서 분리한 뒤 칼을 그저 왼쪽에서 오른쪽으로 삭삭삭삭 움직였을 뿐인데 수박이 먹기 좋게 잘려 있다.

처음에는 우리도 수박이나 망고를 사다가 직접 잘라 먹었다. 그러나 수박 한 통이 이틀을 채 가지 못하는 우리 집에서는 껍질을 처리하는 게 보통 일이 아닌데다, 미끄덩거리는 망고를 자르다 보면 어째 먹는 것보다 버리는 부분이 더 많았다. 랑모 야시장에서 먹기 좋게 손질해서 파는 과일 가게를 찾다가 발견한 곳이 오징어 구이와 손질한 과일을 함께 파는, 그래서 아이들이 "오징어 과일 가게"라 부르는 상점이었다. 도마가 아니라 왼 손바닥 위에 망고를 올려놓고 팔목을 가볍게 돌리면서 오른손을 잽싸게 놀리면 매끄러운 망고 속살이 깍두기처럼 잘려 있다. 한국이었다면 「생활의 달인」 제작진에게 연락했을 것이다. 이곳에 과일 손질의 달인, 칼질의 고수가 있다고.

아저씨는 우리의 태국어 선생님이기도 했다. 하루는 파파야를 사려고 하자 파파야가 태국어로 뭔지 맞혀야만 살 수 있다는 것 아닌가. 우리가 묵묵부답이 되자 아저씨는 씨익 웃으며 알려주었다. "말라꼬"(มะละกอ).

그러고 보니 나는 치앙마이에서 어떻게든 영어를 더듬거리며 바느질 배우고 과일 먹는 데만 집중했지 태국어를 배울 생각은 하지 않았다. 아니, 읽기도 발음하기도 어려운 태국어를 차마 배울 엄두를 내지 못했다. 관광객이 많이 찾는 도시라 치앙마이 사람들이 영어를 잘하기도 하고, 여차하면 번역 앱을 사용해서 소통에 큰 어려움이 없었다. 한군이 먼저 우리가 치앙마이에 자주 왔고 앞으로도 올 거라면 수는 셀 줄 알아야 한다며 숫자 공부를 하기 시작했다. 덩달아 아이들도 옆에서 숫자를 외웠다.

1 2 3 4 5 6 7 8 9 10
능(หนึ่ง) 썽(สอง) 쌈(สาม) 씨(สี่) 하(ห้า)
혹(หก) 쨋(เจ็ด) 뺏(แปด) 까오(เก้า) 씹(สิบ)

우리가 숫자 공부를 한다는 걸 눈치 챈 아저씨는 태국어 가르치기에 더욱 열심이 되었다.
"오늘은 망고와 파인애플을 골랐네? 망고는 마무앙(มะม่วง), 파인애플은 쌉빠롯(สับปะรด)."
매일 저녁 과일을 사러 가서 전날 배운 단어 테스트를 하고, 통과하면 새로운 단어를 배웠다. 태국어를 배우는 일이 과일 먹기와 더불어 즐거운 일과가 되었다.
한국으로 돌아오기 전날, 우리는 아저씨에게 인사를 하러 들렀다. 마지막 태국어 수업에서 아저씨가 알려준 단어는 '프언'(เพื่อน), 친구였다. 언젠가 한국에 꼭 놀러가고 싶다는 아저씨와 연락처를 교환했다. 아저씨에게 김과 고

추장을 선물하며 다음 겨울에 이 자리에서 다시 만나자고
약속했다.

☆

파파야 샐러드 '쏨땀'은 내가 가장 좋아하는 태국 음식 중
하나다. 파파야의 아삭한 식감과 생선소스의 고릿함, 라
임의 상큼함이 어우러진 맛이 일품이다. 치앙마이에 머무
는 동안에는 쏨땀을 김치처럼 먹는다. 어디에서나 손쉽
게 사먹을 수 있는 게 쏨땀이라지만, 맛이 천차만별이라
나에게 맞는 맛집을 찾아야 한다. 어느 식당에 가도 김치
가 나오지만, 그렇다고 모든 식당의 김치가 맛있지 않는
것과 같은 이치랄까. 다행히 야시장에서 내 입맛에 쏙 맞
는 쏨땀 가게를 발견했다.

랑모 야시장은 한 달에 한 번 쉰다. 우리가 머무는 동안에
는 랑모 지역에 어둠이 깔린 걸 거의 본 적이 없다. 쏨땀
가게를 운영하는 판촐린은 그 하루도 쉬지 않고 매일 문
을 열었다. 그는 남편과 함께 가게를 운영했고, 고등학생
으로 보이는 아들 둘이 엄마와 아빠를 도왔다. 엄마가 주
방의 총괄 지휘자라면, 아빠는 재료 준비 및 불요리 담당,
큰아들은 주방에서 엄마를 도와 요리하고, 작은아들은 서
빙과 포장을 도맡았다. 손발이 척척 맞아서 가장 분주한
시간에도 주문이 밀리지 않는 걸 보면서, 아이들이 어쩌
다 가끔 일을 돕는 게 아니라 네 식구가 합을 맞춘 세월이
제법 길겠구나 짐작했다.

판촐린은 치앙마이에서 가장 맛있는 쏨땀을 만드는 요리
사이면서 동시에 봉지 묶기의 달인이다. 무얼 사든 비닐

봉지에 담아주는 치앙마이에서는 다들 봉지 묶는 실력이 월등하지만, 판촐린이 무심한 표정으로 비닐봉지를 휭휭 돌리고 고무줄로 탁! 여미는 화려한 기술 앞에서는 넋을 놓게 된다. 비닐봉지를 받아들면 그 안에 든 음식보다는 빵빵해진 비닐봉지가 신기해 한참을 쳐다보았다.

하루는 판촐린이 아주 느린 속도로 비닐봉지를 묶더니 나에게 쏨땀이 담긴 봉지를 내밀었다. 직접 해보라는 것이었다. 그동안 본 게 있으니 나름 손을 놀려보았는데, 판촐린이 하듯 빵빵해지진 않았다. 민망한 얼굴로 바람 빠진 풍선 같은 비닐봉지를 건네니, 그가 다시 한번 시범을 보여주었다. 심기일전하고 재차 시도해보니 이번엔 그럴싸하게 포장되었다. 그때 판촐린의 표정이 얼마나 뿌듯해 보이던지. '단순해 보여도 쉽지 않지? 그래도 매일 하면 나처럼 할 수 있게 된다고.'

우리는 이렇게 단골집 상인들과 말문을 트고, 소소한 일상을 나누고, 그들이 푸짐하게 담아주는 음식을 먹으며 하루하루를 보냈다. 그들과 나누는 대화가 즐거웠고, 작은 가게 안에서 자신만의 리듬으로 움직이는 모습을 보는 일이 즐거웠다. 무엇보다 그들이 갖고 있는 에너지가, 야시장에서 느껴지는 활력이 좋았다.

누군가가 "복태 씨는 치앙마이가 왜 그렇게 좋아요?" 물어보면 나는 숨도 안 쉬고 대답했다. "겨울에 치앙마이 가면 얼마나 좋게요? 한국에선 칼바람 맞으며 지내야 하는데, 선선하고 화창한 날씨를 매일 만끽할 수 있거든요. 초

록 식물이 우거진 도시 풍경을 보는 것도 참 좋고요. 태국 음식 좋아해요? 랑모 야시장에 가면 한국 돈 3000원으로 훌륭한 태국 음식을 먹을 수 있어요. 달달하고 과즙 풍부한 열대 과일도 매일 사 먹고요. 치앙마이 사람들은 또 얼마나 친절하게요? 다들 느긋하고 여유로워 보이고 언제나 웃는 얼굴이에요. 가진 것에 만족하며 소박하게 살아가는 것 같아요." 나는 추앙에 추앙을 멈출 줄 몰랐다. 누군가는 치앙마이를, 치앙마이 사람들을 너무 미화하는 것 아니냐고 물을 수도 있겠다. 맞다. 우리는 좋은 계절에 가서 아름다운 풍경만 보았고, 운 좋게도 친절하고 마음이 잘 맞는 사람들을 만났다. 시장에서, 식당에서, 카페에서, 썽태우에서 만난 사람들은 늘 웃고 있었다. 우리는 손님이자 외국인 여행자였다. 좋은 것만 찾아다녔고, 실은 그런 모습만 보기를 원했는지도 모른다. 그들은 잠시 머물다 갈 손님에게 최선을 다해 친절을 베풀었을 것이다. 나는 보고 싶은 부분만 보고서는 그것이 전부인 양 말하고 다녔다. 그러나 그들이 여유롭고 느긋해 보인 건 그때 내 마음이 그랬기 때문이 아닐까?

태국은 즐겁고 행복하고 여유롭기만 한 나라가 아니다. 전 세계에서 빈부격차가 가장 심한 나라 중 하나이다. 겉으로는 의회제에 의한 민주정을 표방하지만 실상은 군부 독재에 가깝다. 아직까지 왕조가 있고 국민들은 왕의 다스림을 당연하게 생각한다. 그래서 상점이나 길거리 광고판, 집에 국왕의 사진을 걸어놓는다. 국민 대부분이 믿는 종교인 불교는 정권과 유착되어 있으며 기득권층은 너무나도 공고하다. 야시장 바깥, 아니 태국의 속은 그다지 밝지 않다.

치앙마이에 사는 사람들의 이름을 하나둘 알게 되면서, 치
앙마이를 관광객으로 어쩌다 한 번 소비하러 가는 것이 아
니라 겨울을 지내러 가는 것이 정례화되면서, 우리는 숫자
이상이 궁금해졌고, 다른 이야기에도 귀를 기울였다.

누군가 왜 그렇게 치앙마이가 좋으냐고 묻는다면, 나는 여전히 망설임 없이 겨울에도 힘 빼고 살 수 있는 곳이라고, 매일 맛있는 태국 음식을 먹을 수 있다고, 사람들은 친절하고 여유롭다고 말할 것이다. 하지만 이야기가 거기서 끝나지 않을 것이다. #

나오며

++++++++++++++++++++++++++++++++

쉬는 것과 햇빛

즐거움과 슬픔

성장과 행복

불안함과 심각함

미소와 눈물

기다림과 아름다움

관심과 불타오름

흘러내림과 미술

안 좋은 느낌과 좋은 느낌

초등학교에 입학해 매일매일이 들뜨고 설레고 즐거운 셋째 보음이가 어느 날 학교에서 돌아와 혼자만의 시간을 보내면서 쓴 글이다. 자신의 마음속에 담긴 단어들을 묶

어보았단다. 왜 미소와 눈물을 나란히 썼을까? 언제 불안을 느꼈을까? 흘러내림과 미술이라니, 근사한걸! 보음이가 이런 단어들을 알고 의외의 연결을 태연하게 한 것에 놀란 한편, 자신의 감정을 단어로 표현했다는 것이 신기하고 반가웠다. 문득 언젠가 시인 친구가 했던 말이 떠올랐다. "창작은 멀리서 가져와야 해. 전혀 연관성 없어 보이는 것들을 연결하는 것이 예술이니까."

그러고 보면 우리는 늘 연관성 없어 보이는 것들을 연결하는 일을 해왔다. 노래 짓는 일이 그렇다. 가사를 쓸 때면 보음이처럼 마음속 깊은 곳에서 우러나오는 감정들을 하나하나 꺼낸다. 바로 어제 느낀 감정처럼 생생한 것도 있지만, 십수 년 전부터 묵혀둔 감정을 길어 올릴 때도 있다. 가끔은 복잡하게 뒤엉킨 실타래 같은 것이 나온다. 그럴 때면 심호흡을 하고 아주 제대로 꼬인 감정들을 한 가닥 한 가닥 풀어낸다. 누군가가 그리우면 그립다고 쓰고, 슬픔이 밀려오면 슬프다고 쓸 때도 있지만, 어느 날은 "그냥 걸었어"라는 가사에 슬픔을 녹인다.

몇 년 전 장시간 노동과 부당한 업무 강요, 비정규직 해고 등을 고발하며 스스로 생을 마감한 젊은 방송 노동자의 이야기를 접했다. 처음에는 눈물만 흘렀고, 그가 처했던 부당한 작업 환경, 미온적으로 반응하는 이 사회에 대한 분노가 치솟았다. 그를 추모하는 자리에 뮤지션으로 초대된 나는 그를 위한 노래를 만들었다. 언제 어디서나 반짝이는 '스타' 뒤에는 수많은 노동자의 노고와 희생이 있다. 그 어떤 별보다 크고 밝게 빛나는 달을 보며 먼저 떠난

그를 생각했다. 홀로 외롭고 아픈 시간을 보냈을 한 사람
을 늦게나마 위로하고 싶었다.

> 달이 사라진 하늘
> 달을 찾는다
> 그것이 전부였으니
> 달을 삼켜버린 밤
> 어둡기만 하다
> 내가 바라던 바는 아니다
> (······)
> 미안하지만
> 난 보이지 않는 길을 걸을 수 없었고
> 미안하지만
> 난 어둠을 끝내고 싶었다
> ─선과영 1집 《밤과낮》 수록곡 〈달을 삼킨 밤〉 중에서

달과 노동자, 슬픔과 걷기, 아픈 마음과 바람······ 멀리 떨
어져 있는 듯 보이는 감정과 단어를 엮고, 가사에 멜로디
를 엮는 일이 노래 짓는 일이다. 옷 짓는 일과도 참 닮았
다. 실과 바늘만 있으면 따로따로 떨어져 있던 것들을 하
나로 이을 수 있다. 네모난 천과 천을 엮고 꿰고 깁고 이으
면 옷 한 벌이 완성된다.

노래 짓고 옷 짓는 시간이 나를 완전히 다른 곳으로 데려
다준다는 점에서도 두 행위는 닮았다. 노래를 부를 때마
다 나는 가사에 담긴 시간과 공간 속으로 빠져 들어간 채
그 안에 머물며 노래한다. 듣는 사람들 역시 다른 시공간

으로 떠난다. 이것이 내가 바라는 노래의 힘이다. 바느질을 할 때도 그렇다. 나는 치앙마이의 파란 하늘, 따스한 햇살, 살랑살랑 부는 바람을 직조한다. 바느질하는 순간만큼은 치앙마이에 머무는 것이다. 치앙마이 정신을 온몸으로 수행한달까(완성된 옷은 대부분 휘뚜루마뚜루 가볍게 걸치기 좋은, 치앙마이에서 입으면 딱 좋을 옷들이다). 함께 바느질하는 사람들도 그 순간만큼은 자기만의 세계에 빠져 있을 것이다. 다른 시공간에 접속하기. 이것이 내가 홀랑 빠져들던 바느질의 힘이다. 그리고 예술의 힘이기도 하다. 연관성 없는 것을 연결하기. 다른 세계와 나를 연결하기.

예술의 힘이라고 하니 거창하고 허무맹랑하게 들릴지도 모르겠다. 이렇게 말해보면 어떨까? 노래를 짓고 부르는 삶, 바느질로 옷 짓고 수선하는 삶, 이것저것 연결하고 꿰는 삶은 내게 '자급자족'과 다름없다.

이 모든 일은 자급자족하는 삶에 대한 오랜 동경에서 출발했다. 의식주 세 가지 중에서 집은 내 맘대로 어쩌기 가장 힘든 난제이지만, 먹는 일만은 어떻게든 내 손으로 꾸리고 싶었다. 텃밭을 가꾸며 내 손으로 키운 고구마를 쪄 먹고, 상추에 밥을 싸 먹고, 고추를 따서 장에 찍어 먹고, 직접 발효시킨 빵을 구워서 아이들과 함께 먹고. 그게 무엇이든 손맛이 들어가야, 나로부터 나온 것이어야 '진짜'라 여겼다. 남들이 보기엔 미련해 보일지라도, 어려운 길을 가는 것처럼 보일지라도. 그러니 다음 관심은 자연스레 '의'로 이어질 수밖에 없었다.

그런데 노래를 짓고 부르는 일이 도대체 자급자족과 무슨 상관이냐고? 나를 위로할 수 있는 건 나뿐이었다. 뜻대로 되지 않는 일에 마음이 상하거나 외롭고 울적할 때, 밖에 나가 쇼핑을 하거나, 친구를 만나 수다를 떨거나, 산책을 하거나, 맛있는 걸 먹으면서 위로할 때도 있었지만, 그걸로는 해소되지 않는 감정들이 있었다. 늦은 새벽 공책에 가사를 끄적이면서, 옥상에서 담배를 피우다가 나직이 읊조리는 말들을 듣던 한군이 기타를 들고 와 멜로디를 붙일 때 알았다. 내 감정을 자세히 들여다보고 그것을 어루만지는 일 역시 나만 할 수 있는 것이구나.

2011년, 다니던 직장을 그만두고 전라북도 진안의 빈집에서 지냈다. 아는 분의 고향 땅에 있는 재각에 딸린 집이라 화장실도 없고 현대식 주방도 없고 전기는 들어오지만 냉장고가 없는, 말 그대로 '빈집'이었다. 장을 보려면 자전거를 타고 한 시간 거리의 읍내로 나가야 하는 집에서 한군과 나는 페인트 통을 화장실로 삼고, 아궁이에 불을 지펴 밥을 안치고, 냉장 보관해야 하는 식료품 대신 텃밭을 가꿔 쑥 캐서 튀김 튀겨 먹고, 봄나물 뜯어서 밥 비벼 먹고 노래를 만들며 지냈다. 우리가 지은 집은 아니지만 집 문제에 있어 돈 걱정이 없었던 것은 처음이었다. 불편하다고 생각했던 점들은 살다 보니 차차 적응되었다. 그렇게 몇 달을 살면서 복작복작 지지부진한 서울살이에서 받은 스트레스가 자연스레 빠져나갔다. 그때 만든 우리의 노동요가 〈흙의 왈츠〉다. 아니 노동요라기보다, 당시 우리의 삶이 고스란히 담긴 노래다. 우리는 자급자족하며 충만한 시간을 보냈더랬다.

지금 우리에게 필요한 건 그 무엇보다
따뜻한 햇빛과 시원한 바람
좋은 흙과 물이면 돼
지금 우리에게 필요한 건
다른 것이 아니라
밭일하는 데 좋은 음악과 맛있는 밥이면 돼
그거면 돼 그거면 돼 그거면 돼 그거면 돼

우리만의 자급자족 방식을 남들과 나누고 싶어서 음악 수업을 하고 바느질 수업을 한다. 뜯어진 책가방 끈을 수선해달라는 지음이에게 바늘을 건넨다. 기타줄을 퉁기며 허밍하는 한군을 물끄러미 바라보는 이음이에게 드럼스틱을 쥐어주고 합주를 한다. 어느 날은 보음이에게 동화책을 읽어주는데, '흔적'이라는 단어를 듣자마자 보음이가 갑자기 노래를 불렀다. "아무 흔적도 없는 그러나 슬픔이 지나간 자리." 나도 이어서 부른다. "그 자리에 슬픔의 이야기가 있네." 우리의 노래가 아이들의 노래가 된다. 아이들은 마음속 단어를 엮고 노래하고 악기를 두드리고 바느질하면서 어떤 세상과 연결될까? 죽바클 워크숍에 함께한 사람들에게는 어떤 세계가 열릴까? 지금 〈흙의 왈츠〉를 다시 부른다면 아마 이런 가사가 될 것이다.

　　　지금 우리에게 필요한 건 다른 것이 아니라
　　　바느질하는 데 좋은 음악과 맛있는 밥이면 돼
　　　그거면 돼 그거면 돼 그거면 돼 그거면 돼

부록　죽음의 바느질 클럽 플레이리스트

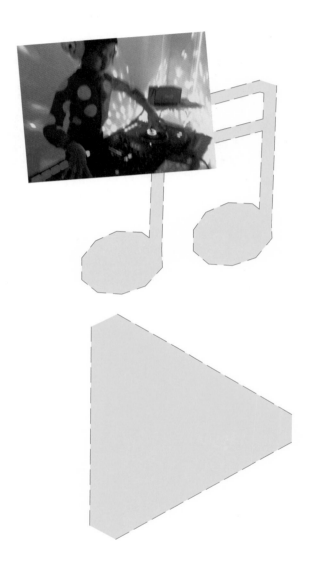

뮤지션의 바느질에는 음악이 빠지지 않는다. 음악은 짜릿한 마법, 순식간에 우리를 다른 시공간으로 데려다준다. 방구석에 앉아 바느질을 하다가도 좋은 음악을 틀면 푸른 바다가 끝없이 펼쳐진 남국의 해변가, 초록빛으로 우거진 숲, 들꽃이 흐드러지게 피어 있는 들판, SF영화에 나올 법한 삼차원 시공간이 눈앞에 펼쳐질 것이다. 어떤 음악을 들으면 바느질하는 손이 질주하듯 움직이고, 어떤 음악은 바느질하는 우리를 무아지경으로 만든다(정신 차리면 수선 작업이 완성되어 있다). 여러분도 이 놀라운 경험을 하길 바라면서 우리가 바느질할 때 듣는 음악을 소개한다.

앨범이나 곡의 제목을 하나하나 타이핑해서 검색하는 것은 무척 손이 가는 일이다. 인공지능 알고리즘이 알아서 음악을 추천해주는 시대, 클릭 한 번으로 매끈한 최신 음악을 손쉽게 들을 수 있는 시대에 너무나 뒤떨어진 방법이다. 그러나 우리의 바느질도 그렇지 않은가. 2024년에 손바느질이라니!

한 땀 한 땀 바느질하듯, 한 글자 한 글자 타이핑하며 음악을 찾아 들어보자. 물론 뮤지션 이름이나 노래 제목을 잘 기억해두었다가 중고 레코드숍에서 손가락의 힘을 풀고 '디깅'을 해도 좋다. 과거의 멋진 음악을 찾아 듣는 일은 즐거운 역행이다. 낯설고 새로운 음악을 탐험하는 일은 신선한 자극을 준다. 이 음악들이 치앙마이 정신을, 바느질하는 손놀림을, 지친 일상을 한껏 북돋아줄지어니!

가수 또는 연주자, 앨범명, 레이블, 발행년도

∘ 특히 추천하는 수록곡

♫ 전곡 재생을 추천하는 앨범

치앙마이의 따사로운 햇살 아래서 한 땀 한 땀

Deodato, Love Island, Warner Bros, 1978
- ◦ Love Island
- ◦ San Juan Sunset
- ◦ Tahitti Hut
- ◦ Take The "A" Train

♫ Tamba Trio, Tamba Trio, RCA Victor, 1975
- ◦ Contra o Vento
- ◦ Jogo da Vida
- ◦ 3 Horas da Manhá

♫ João Donato, Quem é Quem, Odeon, 1973
- ◦ Cadê Jodel?
- ◦ Terremoto

♫ Nara Leão, ...E Que Tudo Mais Vá Pro Inferno, Philips, 1978
- ◦ Além Do Horizonte
- ◦ Quero Que Vá Tudo Pro Inferno
- ◦ Se Você Pensa

Elis Regina, Elis, Philips, 1972
- ◦ Comadre
- ◦ E Com Esse Que Eu Vou
- ◦ Ladeira Da Preguica
- ◦ Meio De Campo

Astrud Gilberto James Last Orchestra, Plus, Verve Records, 1987
- ◦ Champagne And Caviar
- ◦ I'm Nothing Without You
- ◦ Samba De Soho (Feat. Paulo Jobim)

♫ Orlandivo, Orlandivo, Copacabana, 1977
- ◦ Onde Anda O Meu Amor
- ◦ Tudo Jóia
- ◦ Um Abraço No Bengil

♫ Emilio Santiago, Emilio Santiago, CID, 1975
- ◦ Bananeira
- ◦ La Mulata
- ◦ Quero Alegria

Vinicius Cantuária, Tucumá, Verve Records, 1998
- ◦ Amor Brasileiro
- ◦ Igarape
- ◦ Maravilhar

♫ Vinicius Cantuaria, Samba Carioca, Naïve, 2010
- ◦ Berlim
- ◦ Inutil Paisagem
- ◦ Praia Grande

Caetano Veloso, Caetano Veloso, Nonesuch, 1986
- ◦ Coracao Vagabundo
- ◦ Terra
- ◦ Trilhos Urbanos

Caetano Veloso, Caetano Veloso & Ivan Sacerdote, Universal Music, 2020
- ◦ Aquele Frevo Axé
- ◦ Manhatá
- ◦ Peter Gast

Monty Alexander, Rass!, MPS Records, 1974
- ◦ Let's Stay Together
- ◦ Yellow Bird

Laurindo Almeida, New Directions,
Crystal Clear Records, 1979
- ◦ Feels So Good
- ◦ Just The Way You Are
- ◦ Tomorrow

Laurindo Almeida, Virtuoso Guitar,
Crystal Clear Records, 1977
- ◦ I Write The Songs
- ◦ Jazz Tune At the Mission
- ◦ Yesterday

Joao Donato, Donato Deodato, Muse
Records, 1973
- ◦ Capricorn
- ◦ Nightripper
- ◦ Where's J.D.
- ◦ You Can Go

Azymuth, Águia Não Come Mosca,
Atlantic, 1977
- ◦ Despertar
- ◦ Falcon Love Call (Armazém No. 2)
- ◦ Vôo Sobre O Horizonte

Azymuth, Fênix, Far Out Recordings,
2016
- ◦ Orange Clouds
- ◦ Villa Mariana (De Tarde)

Azymuth, Light As A Feather,
Milestone, 1979
- ◦ Fly Over The Horizon = Vôo Sobre
  O Horizonte
- ◦ Partido Alto

Banda Black Rio, Saci Pererê, RCA
Victor, 1980
- ◦ De Onde Vem
- ◦ Profissionalismo É Isso Aí
- ◦ Subindo O Morro

Joo Kraus & Tales In Tones Trio,
Painting Pop, Edel, 2011
- ◦ Billie Jean
- ◦ Black Or White
- ◦ Earth Song

Jorge Drexler, Vaiven, Virgin, 1996
- ◦ Cerca Del Mar
- ◦ Era De Amar
- ◦ Luna Negra

Toquinho, Toquinho, RGE, 1970
- ◦ De Ontem Prá Hoje
- ◦ Na Água Negra Da Lagoa
- ◦ Que Maravilha
- ◦ Zana

Tim Maia, Tim Maia, Polydor, 1973
- ◦ Gostava Tanto De Você
- ◦ Preciso Ser Amado
- ◦ Réu Confesso

♫ Wando, Wando, Beverly-BLP
9094, 1975
- ◦ Na Baixa Do Sapateiro
- ◦ Na Boca Do Povo
- ◦ Nega De Obaluaê
- ◦ Xavante, Lagrimas E Poesia

♫ Mercedes Sosa, Corazón Libre,
Edge Music, 2005
- ◦ La Canción Es Urgente
- ◦ Los Niños De Nuestro Olvido
- ◦ Sólo Pa' Bailarla

Bévinda, Fatum, Celluloid, 1994
- ◦ Julia Florista
- ◦ Covilha
- ◦ Fatum

Atahualpa Yupanqui, Cantor De Pueblo,
Sony Music, 2010
- ◦ De Tanto Ir Y Venir
- ◦ El Alazán
- ◦ Milonga Del Solitario

♫ Buena Vista Social Club, Buena Vista
Social Club : Edición 25 Aniversario,
World Circuit, 2021
- ◦ Chan Chan
- ◦ De Camino A La Vereda
- ◦ El Cuarto De Tula

♫ Compay Segundo, Lo Mejor De La
Vida, Gasa, 1998
- ◦ Frutas Del Caney
- ◦ Tú Querías Jugar
- ◦ Fidelidad

♫ Guillermo Portabales, El Carretero,
World Circuit, 1996
- ◦ El Amor De Mi Bohio
- ◦ Cuando Sali De Cuba
- ◦ Oye Mi Son

Los Papines & Ruben Gonzalez,
Los Papines & Ruben Gonzalez, Warner
Jazz, 2007
- ◦ Amor En Festival
- ◦ Papines En Descarga
- ◦ Popurri Mexicano

신산한 마음을 나른한
멜로디로 다스리고 싶다면

♫ The Surfmen, Colorful Romantic
Hawaii, Alshire, 1972
- ◦ Aloha Oe
- ◦ Hawaiian Wedding Song
- ◦ Beyond the Reef

The Surfmen, The Sounds Of Exotic
Island, Somerset, 1960
- ◦ Moon Of Manakoora
- ◦ Tahiti Sunrise
- ◦ Taboo

♫ Arthur Lyman, Hawaiian Sunset,
Vogue Records, 1961
- ◦ Whispering Reef
- ◦ Sweet Leilani
- ◦ Kawohikukapulani

Arthur Lyman, Hawaiian Sunset,
Volume II, HiFi Records, 1965
- ◦ Beyond The Reef
- ◦ Blue Hawaii
- ◦ Red Sails In The Sunset

Martin Denny, A Taste Of Honey,
Liberty, 1962
- ◦ Clair De Lune
- ◦ Take Five
- ◦ I'm In A Dancing Mood

Martin Denny, A Taste Of India,
Liberty, 1968
- ◦ Hypnotique
- ◦ Meditation = Meditacáo
- ◦ A Touch Of India (Pearl Of
  The Sea)

♫ Los Indios Tabajaras, Always In My Heart, RCA Victor, 1964

- ○ Always In My Heart (Siempre En Mi Corazón)
- ○ New Orleans
- ○ Wide Horizon

♫ Los Indios Tabajaras, The Mellow Guitar Moods Of Los Indios Tabajaras, RCA Camden, 1964

- ○ Marta
- ○ Serenata Al Amanecer
- ○ Siempre

Charlie Byrd & Laurindo Almeida, Brazilian Soul, Concord Jazz Picante, 1981

- ○ Brazilian Soul
- ○ Cochichando
- ○ Stone Flower

Gontiti, Duo, Epic, 1997

- ○ Blue Blossom
- ○ Rainy Day
- ○ 見知らぬ人

♫ Charlie Byrd, Christmas Carols For Solo Guitar, Columbia, 1966

- ○ God Rest Ye Merry, Gentlemen
- ○ The Bells Of Bethlehem
- ○ O Holy Night

♫ Earl Klugh, Solo Guitar, Warner Bros, 1989

- ○ Embraceable You
- ○ I'm All Smiles
- ○ So Many Stars

Quique Sinesi, Danza Sin Fin, Epsa Music, 1998

- ○ Danza sin fin
- ○ Las golondrinas
- ○ ¿Serás verdad?

♫ Ike Quebec, Bossa Nova Soul Samba, Blue Note, 1962

- ○ Blue Samba
- ○ Liebestraum
- ○ Lloro Tu Despedida

♫ João Gilberto, João Gilberto, Polydor, 1973

- ○ Águas de Março
- ○ Na Baixa Do Sapateiro
- ○ Undiú

Stan Getz & Bill Evans, Stan Getz & Bill Evans, Verve Records, 1988

- ○ But Beautiful
- ○ Carpetbagger's Theme
- ○ Grandfather's Waltz

♫ Stan Getz & João Gilberto, Getz / Gilberto, Verve Records, 1964

- ○ Corcovado
- ○ Para Machucar Meu Coracao
- ○ The Girl from Ipanema

♫ Catherine Potter, Duniya Project, Productions Shadoj, 2005

- ○ Vol Blanc
- ○ Aube
- ○ Jaswandi

♬ Katrien Delavier, La Harpe Irlandaise
= The Irish Harp, Playa Sound, 1992

- ◦ The Star Of The County Dawn
  (Air) / Wheelan's Jig (Jigs)
- ◦ Drowsy Maggie / Bloom Of Youth
- ◦ Trip To Sligo / Gallagher's Frolic

♬ The Dubliners, Jigs Reels &
Hornpipes, Chyme, 1980

- ◦ Scholar / Teetotaller / High Reel
- ◦ Belfast Hornpipe
- ◦ Three Sea Captains

♬ Irlande: Harpe Irlandaise, Pub Music,
Arion, 1973

- ◦ Nora Chrionna
- ◦ Harvest Home
- ◦ Window Smasher'jig

Local Traditional Artists, Gérard
Kremer, Thaïlande: Danses, Arion, 1994

- ◦ Danse des récoltes
- ◦ Danse des sabres
- ◦ Danse de palais

손으로 하는 명상에
순식간에 빠져들고 싶다면

백건우, 라흐마니노프: 피아노 협주곡
1◦2번, RCA Red Seal, 1998

- ◦ 라흐마니노프: 피아노 협주곡
  2번 다단조 Op.18 – I. Moderato
- ◦ 라흐마니노프: 피아노 협주곡
  2번 다단조 Op.18 – II. Adagio
  Sostenuto
- ◦ 라흐마니노프: 피아노 협주곡
  2번 다단조 Op.18 – III. Allegro
  Scherzando

Ravi Shankar & Philip Glass,
Passages, Private Music, 1990

- ◦ Prashanti

Ustad Shahid Parvez, An Enchanting
Evening With Ustad Shahid Parvez,
Universal Music India Pvt. Ltd., 1998

- ◦ Raag Yaman (Aalap, Jod &
  Jhala)
- ◦ Raag Yaman (Gats In Rupak
  Taal & Teen Taal)
- ◦ Raag Bhinna Shadaj (Aaochar
  & Gat In Teen Taal)

Catherine Potter, Bansuri, Alias
Records, 1997

- ◦ Raga Yaman - Alap
- ◦ Raga Ahir Bhairava - Alap

Ravi Shankar & Ali Akbar Khan, In
concert, Apple Records, 1972

- ◦ Raga - Hem Bihag
- ◦ Raga - Manj Khamaj (Part 1,2)
- ◦ Raga - Sindhi Bhairavi

Ravi Shankar, Inside The Kremlin, Private
Music, 1989
- ◦ Shanti-Mantra
- ◦ Tarana

Ravi Shankar & Ali Akbar Khan, Raga
Mishra Piloo, His Master's Voice, 1983
- ◦ Raga Mishra Piloo (Beginning)

Kabeção, Touching Souls, Kabeção,
2017
- ◦ The First Grain of Sand
- ◦ Espelhos No Mar
- ◦ Walking on the Clouds

Kabeção, Freedom Expressions,
Kabeção, 2020
- ◦ Astronaut
- ◦ Hyperboreal
- ◦ Archer of Andromeda

분노의 바느질 질주를 하고
싶을 때

Biréli Lagrène, Gipsy Project, Dreyfus
Jazz, 2001
- ◦ Coquette
- ◦ Blues Clair
- ◦ Vous Et Moi

♫ Biréli Lagrène, Gipsy Trio, Dreyfus
Jazz, 2009
- ◦ Le Soir
- ◦ Lullaby Of Birdland
- ◦ Made In France

♫ Biréli Lagrène & Sylvain Luc, Best
Moments, Dreyfus Jazz, 2012
- ◦ Isn't She Lovely
- ◦ Can't Take My Eyes Off You
- ◦ So What

The Rosenberg Trio, Caravan, Verve
Records, 1994
- ◦ Caravan
- ◦ Chez Moi
- ◦ I Surrender Dear

Django Reinhardt, Djangology, RCA
Victor, 1961
- ◦ Minor Swing
- ◦ Djangology
- ◦ Swing 42

Django Reinhardt, The Great Artistry
Of Django Reinhardt, Clef Records,
1953
- ◦ Night And Day
- ◦ Brazil
- ◦ Confessin'

가사에 취하고, 바느질에 취하고

♫ 현인, 현인 걸작집, 1962
  - 능금나무 밑에서
  - 서울야곡
  - 체리핑크 맘보

현경과 영애, 아름다운 사람 / 내 친구, 1974
  - 내 친구
  - 아름다운 사람

방의경, 내 노래 모음, 1972
  - 불나무
  - 친구야
  - 풀잎

정태춘°박은옥, 정동진 / 건너간다, 1998
  - 소리 없이 흰 눈은 내리고

어떤날, 어떤날 I 1960°1965, 1986
  - 너무 아쉬워 하지마
  - 오늘은
  - 오래된 친구

♫ 이판근과 코리안 째즈 퀸텟 '78, JAZZ: 째즈로 들어본 우리 민요, 가요, 팝송!, 2013
  - 비 내리는 밤에(Rainy Night In Georgia)
  - 빈 바다
  - 아리랑

♫ 우리 동네 사람들, 우리 동네 사람들 하나, 1994
  - 미안해
  - 우리 동네 사람들
  - 종이비행기

♫ 한영애, 불어오라 바람아, 1995
  - 가을시선
  - 너의 이름
  - 돌아오지 못한 사람

♫ 장사익, 기침, 1999
  - 기침
  - 민들레
  - 나 무엇이 될까 하니

♫ 아소토 유니온, Sound Renovates A Structure, 2003
  - Think About' Chu

아마츄어증폭기, 극좌표, 2004
  - 극좌표
  - 금자탑
  - 선원

소히, Mingle, 2010
  - 산책

회기동 단편선, 백년, 2012
  - 동행

♫ 김목인, 음악가 자신의 노래, 2011
  - 꿈의 가로수길
  - 뮤즈가 다녀가다
  - 작은 한사람

권나무, 사랑은 높은 곳에서 흐르지, 2016
  - 그대가 날 사랑해 준다면
  - 사랑은 높은 곳에서 흐르지
  - 선택의 문제

도마, 이유도 없이 나는 섬으로 가네, 2017
  - 고래가 보았다고 합니다
  - 오래된 소설을 몸으로 읽는다
  - 이유도 없이 나는 섬으로 가네

우주를 유영하듯 바느질하고 싶다면

Mort Garson, Mother Earth's Plantasia, Homewood Records, 1976

- ° Plantasia
- ° Rhapsody In Green
- ° Swingin' Spathiphyllums

♪ Brian Eno, Ambient 1 Music For Airports, Polydor, 1979

- ° 1/1

Brian Eno, Another Green World, Island Records, 1975

- ° Becalmed
- ° Zawinul / Lava
- ° Another Green World
- ° The Big Ship

Brian Eno, Another Day On Earth, Hannibal Records, 2005

- ° And Then So Clear
- ° A Long Way Down
- ° Bottomliners

♪ Alva Noto + Opiate, Opto Files, Raster-Noton, 2001

- ° Opto File 1
- ° Opto File 2
- ° Opto File 3

♪ Opto, 2nd, Hobby Industries, 2004

- ° 04.34 a.m.
- ° 10.45 a.m.
- ° 02:12 p.m.

♪ Alva Noto, HYbr:ID I, NOTON, 2021

- ° HYbr:ID oval hadron I
- ° HYbr:ID oval random
- ° HYbr:ID oval asimoo

♪ Pole, 3, PIAS Germany, 2000

- ° Silberfisch
- ° Taxi
- ° Karussell

♪ F.S. Blumm & Nils Frahm, 2X1=4, Leiter, 2021

- ° Desert Mule
- ° Presidential Tub
- ° Puddle Drop

♪ F.S. Blumm & Nils Frahm, Tag Eins Tag Zwei, Sonic Pieces, 2016

- ° Day One One
- ° Day Two One
- ° Valentine My Funny

♪ Carmen Villain, Both Lines Will Be Blue, Smalltown Supersound, 2019

- ° Observable Future
- ° I Trust You
- ° I Could Sit Here All Day

♪ Carmen Villain, Only Love From Now On, Smalltown Supersound, 2022

- ° Future Memory
- ° Subtle Bodies
- ° Portals

Various, A Little Night Music: Aural Apparitions From The... Geographic North, Geographic North, 2020

- ° Sequoia
- ° Okue
- ° For Mothers

Leon Vynehall, Fabric Presents Leon
Vynehall, Fabric, 2022
- ◦ Scabz
- ◦ Found A Way
- ◦ Star Power
- ◦ Syzygy
- ◦ Misty Winter

♫ Takagi Masakatsu, Opus Pia,
Carpark Records, 2002
- ◦ Opus Pia
- ◦ And Then...
- ◦ Harmony

Chihei Hatakeyama, Alone By The Sea,
White Paddy Mountain, 2013
- ◦ Alone By The Sea
- ◦ Alone By The Sea II
- ◦ Alone By The Sea III

♫ The Caretaker, An Empty Bliss
Beyond This World, History Always
Favours The Winners, 2011
- ◦ All You Are Going To Want To Do
  Is Get Back There
- ◦ Moments Of Sufficient Lucidity
- ◦ An Empty Bliss Beyond This World

♫ The Caretaker, Everywhere At The
End Of Time, History Always Favours
The Winners, 2016
- ◦ It's Just A Burning Memory
- ◦ We Don't Have Many Days
- ◦ Late Afternoon Drifting

Four Tet, Sixteen Oceans, Text Records,
2020
- ◦ Mama Teaches Sanskrit
- ◦ This Is for You
- ◦ Teenage Birdsong

Four Tet, Beautiful Rewind, Text
Records, 2013
- ◦ Unicorn
- ◦ Crush
- ◦ Gong

Max Cooper, Emergence, Mesh, 2016
- ◦ Seed
- ◦ Cyclic
- ◦ Organa

The Blaze, Territory, Animal63, 2017
- ◦ Territory
- ◦ Virile
- ◦ Juvenile

모두가 잠든 밤, 잔잔한 그루브 타며 바느질을

Erykah Badu, Mama's Gun, Motown, 2000
- ◦ Didn't Cha Know
- ◦ My Life
- ◦ Cleva

♫ Various, Blue Note Re:imagined, Blue Note, 2020
- ◦ Footprints
- ◦ Galaxy
- ◦ Search For Peace
- ◦ Maiden Voyage

Robert Glasper Experiment, Black Radio, Blue Note, 2011
- ◦ Afro Blue (Feat. Erykah Badu)
- ◦ Cherish The Day (Feat. Lalah Hathaway)
- ◦ Smells Like Teen Spirit

Tom Misch & Yussef Dayes, What Kinda Music, Blue Note, 2020
- ◦ Lift Off (Feat. Rocco Palladino)
- ◦ Julie Mangos
- ◦ What Kinda Music

Yussef Dayes Trio, Welcome To The Hills, Cashmere Thoughts, 2021
- ◦ Odyssey
- ◦ Palladino Sauce
- ◦ Welcome To The Hills

Lord Finesse Presents, Motown State Of Mind, Motown, 2020
- ◦ I Wanna Be Where You Are (Underboss Remix)
- ◦ Tribute Medley: I Want You Back/ABC/The Love You Save (Underboss Remix)
- ◦ I Want You (Underboss Remix)

♫ Fieh, Cold Water Burning Skin, EDDA, 2019
- ◦ Chop Suey
- ◦ Flower
- ◦ 25

Tony Momrelle, Fly, Reel People Music, 2013
- ◦ Spotlight
- ◦ Everything's Alright

Mondo Grosso, MG4, Real Eyes, 2000
- ◦ 1974-Way Home-
- ◦ Star Suite III. North Star

♫ Mac DeMarco, Five Easy Hot Dogs, Mac's Record, 2023
- ◦ Gualala
- ◦ Gualala 2
- ◦ Crescent City

Groove Armada, Vertigo, Pepper Records, 1999
- ◦ At The River
- ◦ Dusk You & Me
- ◦ A Private Interlude

Bluecat, Chill Reception, Irma Unlimited, 2001

- ◦ Chill Reception
- ◦ Fading Away
- ◦ Portello

♫ The Cinematic Orchestra, Motion, Ninja Tune, 1999

- ◦ Durian
- ◦ Channel 1 Suite.
- ◦ Night Of The Iguana

The Cinematic Orchestra, Ma Fleur, Ninja Tune, 2007

- ◦ As The Stars Fall
- ◦ To Build A Home

♫ TM Juke, Maps From The Wilderness, Tru Thoughts, 2003

- ◦ Playground Games (Feat. Alice Russell)
- ◦ Knee Deep (Feat. Alice Russell & Jim Oxborough)
- ◦ Just For A Day (Sunday)

Thievery Corporation, Sounds From The Thievery Hi-Fi, Primary Wave Music, 1996

- ◦ A Warning
- ◦ 2001 Spliff Odyssey
- ◦ One

♫ Thievery Corporation, Radio Retaliation, Eighteenth Street Lounge Music, 2008

- ◦ Sweet Tides
- ◦ الشعب المنسي (The Forgotten People)
- ◦ Mandala

Thievery Corporation, The Temple Of I & I, Eighteenth Street Lounge Music, 2017

- ◦ Thief Rockers
- ◦ True Sons Of Zion
- ◦ Babylon Falling
- ◦ Strike the Root

♫ Various, Step Forward Youth, VP Records, 2018

- ◦ King Tubby Meets Rockers Uptown
- ◦ Two Sevens Clash
- ◦ Beat Them In Dub

♫ Jah Shaka, Brimstone & Fire, Jah Shaka Music, 1983

- ◦ Preacher Dub
- ◦ Vision Dub
- ◦ Conquering Dub

♫ Billy Boyo, Zim Zim, Silver Kamel Audio, 2002

- ◦ Zim Zim
- ◦ Jamaica Nice
- ◦ B.B.'s Posse

♫ Burning Spear, Marcus Garvey, Island Records, 1975

- ◦ Slavery Days
- ◦ The Invasion

Various, Formentera De Dia, Irma, 2002

- ◦ Your Island
- ◦ Love Reborn
- ◦ The Sun Is Shining

Beck, Sea Change, DGC, 2002

- ◦ The Golden Age
- ◦ Guess I'm Doing Fine

- Side Of The Road

Beck, Morning Phase, Capitol Records, 2014

- Morning
- Waking Light
- Country Down

Mazzy Star, So Tonight That I Might See, Capitol Records, 1993

- Fade Into You
- Five String Serenade
- Blue Light

Skinshape, Filoxiny, Lewis Recordings, 2018

- After Midnight
- Metanoia
- Life as One

난이도 ●●●●♡ 이상 수선 작업을 앞두고 듣는 음악

♫ Dabeull, Intimate Fonk, Roche Musique, 2019

- Day & Night (Feat. Holybrune)
- DR. Fonk (Feat. Rush Davis)
- Love You So Much (Feat. Kunta)

♫ Various, Numero 95™: Virtual Experience Software, Numero Group, 2021

- Listen To The Music
- Walking The Lonely Streets
- Sketches Of Anderland

♫ Various, Night Palms, Hobo Camp, 2018

- Bay Breeze
- Forgot About Each Other
- Deregulate

♫ Various, Brazilian Disco Boogie Sounds 1978-1982, Favorite Recordings, 2014

- Um Momento Qualquer
- Quero Um Baby Seu
- Relax

♫ Various, French Disco Boogie Sounds 1975-1984, Favorite Recordings, 2015

- C'est Toujours Comme Ça L'Amour
- Drôle D'Histoire D'Amour
- Pour Moi Ca Va (Charles Maurice Version)

♬ Various, French Disco Boogie Sounds
Vol. 2 1978-1985, Favorite Recordings,
2016
- ◦ Havana
- ◦ Bye Cocotiers
- ◦ Sunshine

Various, Caribbean Disco Boogie
Sounds 1977-1982, Favorite Recordings,
2015
- ◦ Bermuda Triangle
- ◦ Comin' At You
- ◦ Macho Man

♬ Various, Ritmo Fantasía: Balearic
Spanish Synth-Pop, Boogie & House
1982-1992, Soundway, 2021
- ◦ Puente De Esperanza
- ◦ Me Vas Cantidad
- ◦ Divorcio

복태와 한군

지음, 이음, 보음, 강아지 열음을 키우며 바느질과 수선 기술을 나누는
'죽음의 바느질 클럽'을 함께 운영하고 있다.
음악을 짓고 연주하며 뮤지션으로 활동할 때는 '선과영'이라는 이름을 쓴
다. 2022년 발매한 선과영 정규 1집 《밤과낮》은 낮에 떠오르는 마음과
다짐, 밤에 떠오르는 감정에 관한 이야기다. 이 앨범으로 제20회 한국대
중음악상 최우수 포크 음반상을, 타이틀 곡 〈밤과낮〉으로 최우수 포크 노
래상을 수상했다. 서울 성산동 일대가 터전이지만 노래를 하러, 바느질을
하러 전국 방방곡곡을 다닌다.
사람들은 365일, 하루 종일 붙어 다니는 우리를 보고 '실과 바늘'이라고
한다. 덕담이 쌓여 복을 지었나 보다. 진짜 실과 바늘로 살게 되었다. 실과
바늘로 고치고, 만들고, 엮는다. 옷도 양말도 가방도 비닐봉지도 사람도
세상도. 나답게 살고 있고, '너답게 살아도 괜찮아'가 가훈이다.

죽음의 바느질 클럽 　　　　 : 모쪼록 살려내도록

초판 1쇄 발행 2024년 6월 26일
초판 2쇄 발행 2024년 11월 1일

ISBN 979-11-90853-56-9 03810

발행처	도서출판 마티	출판등록 2005년 4월 13일
		등록번호 제2005-22호
발행인	정희경	
편집	전은재, 서성진	
디자인	이기준	
일러스트	진하	

	주소	서울시 마포구 잔다리로 101, 2층 (04003)
	전화	02-333-3110
	팩스	02-333-3169

	이메일	matibook@naver.com
	홈페이지	matibooks.com
	인스타그램	instagram.com/matibooks
	엑스	twitter.com/matibook
	페이스북	facebook.com/matibooks